T0179024

La estirpe

La estirpe

CARLA MALIANDI

LITERATURA RANDOM HOUSE

Papel certificado por el Forest Stewardship Council®

MIXTO
Papel procedente de
fuentes responsables
FSC® C117695

Penguin
Random House
Grupo Editorial

Primera edición: junio de 2022

© 2021, Carla Maliandi
© 2021, Penguin Random House Grupo Editorial, S.A., Buenos Aires
© 2022, Penguin Random House Grupo Editorial, S.A.U., Barcelona

Printed in Spain – Impreso en España

ISBN: 978-84-397-4079-7
Depósito legal: B-2.674-2022

Impreso en Prodigitalk, S. L

RH 40797

PRIMERA PARTE

El hospital

El primer intento de hablar es en el hospital. Estoy en la cama, la habitación es blanca y está vacía. A un costado me parece ver una pequeña orquesta. Un grupo de músicos vestidos de militares que afinan sus instrumentos y tocan apenas una melodía. Veo también a una nena, tiene cara de india y lleva una batuta en la mano. Con la batuta hace un breve y preciso gesto a la orquesta. La música suena más fuerte. La nena permanece quieta en silencio, escuchando. Después mueve la batuta en una línea recta que atraviesa el aire. La música para, la nena me mira y ordena: *¡Hablá!*

La orquesta, los instrumentos y la nena desaparecen. Estoy despierta. Trato de llamar a alguien, pero las palabras no me salen. ¿Cuáles son las palabras para llamar a alguien? ¿Qué palabra hará que alguien venga?

No sé cómo llegué hasta acá, no me acuerdo de nada ni de nadie. De pronto recuerdo una cosa: la mosca de Rocha. Hay una mosca en las playas de Rocha que cuando pica mete una larva adentro, en un brazo o una pierna o cualquier parte que esté desnuda. Duele y se infecta. Para curarse hay que esperar a que el gusano nazca y presionar un pedazo de carne cruda contra la picadura. El gusano hambriento debe asomarse entre la piel humana para morder la carne. Y así, tironeando con cuidado, uno se lo puede sacar del cuerpo.

Ese es el primer recuerdo que tengo en el hospital. El de un verano en Valizas, Uruguay, con un antiguo novio. Pasamos el día entero en la playa, recostados a la sombra de unos arbustos sucios. Mi novio ve una roncha en mi brazo. Al volver al centro alguien nos explica que la picadura es de una mosca, la mosca de Rocha. Me espanto, siento que me desmayo. Buscamos una sala de primeros auxilios. El médico nos dice que lo de la carne es un mito y me corta la piel con un bisturí. En ese momento tengo veinte años. Pero entonces, como si una fuerza invisible me sacudiera en la cama, recuerdo que acabo de cumplir cuarenta, que hubo un gran festejo, alquilaron un salón con una bola espejada y que esa bola espejada me cayó en la cabeza en pleno baile. Quedé paralizada unos segundos y después me desplomé en el piso. Que tengo un hijo, un marido, un departamento en la calle Bonifacio. Y que estoy internada, aunque no sé desde cuándo. Balbuceo cosas, no puedo decir una sola frase entera o con sentido. Me toco con la mano izquierda el hombro del brazo derecho y siento la antigua cicatriz de cuando me picó la mosca de Rocha y tuvieron que abrirme la piel con un bisturí. Llevo ambas manos a la frente y advierto la gasa que cubre la herida nueva; la herida que me hice unas noches atrás, en mi último cumpleaños.

El médico me llama Ana. Ana, estás mucho mejor. Ana, en un par de días te volvés a casa. Ana, todo está saliendo bien. Mi marido y mi mamá están acá. Se turnan. Yo despierto y a mi lado a veces está uno y a veces el otro, y dicen descansá, comete esto, te mandó saludos fulano, te traje champú, afuera es un día precioso. Me mareo, pero no es nada. Puedo caminar, sentarme en la cama, puedo ir al baño sola y peinarme. También viene una doctora a hacerme preguntas para examinar mi memoria: cuál es mi trabajo, quiénes son mis amigos, quién es el presidente de la nación. Me cuesta contestar, mezclo las cosas, pero a medida que pasan los días las respuestas se ordenan. Puedo decir varias frases enteras. Le cuento a la doctora que estoy soñando mucho con una nena y una banda de músicos militares. Y que a veces no son sueños sino pensamientos. Me escucha, no le da importancia. Parece que los estudios están saliendo bien. Sonríe, anota algo en sus papeles y dice *mañana ya vas a dormir en tu casa.*

El departamento de la calle Bonifacio

Cuando llegamos a nuestro departamento no reconozco nada. Los médicos nos advirtieron que eso podía pasar y que con el correr de los días todo iría recobrando familiaridad. Alberto parece aliviado. Dice que al fin ya estamos en casa y que lo de mi memoria tiene que ser algo transitorio. Asegura que la bola de espejos no puede haberme dejado ninguna lesión severa. *Esas bolas, aunque parezcan objetos pesados, son cosas de cotillón, no pesan nada, están hechas de telgopor y recubiertas de cientos de espejitos para reflejar las luces.* Se lo ve ojeroso, pasó las últimas noches en el hospital durmiendo mal. Me siento en un sillón del living, cierro los ojos tratando de reconstruir la noche de mi cumpleaños. Creo que podría haber muerto esa noche. Recuerdo las luces cambiando de color, mis piernas flaqueando, mi cuerpo desparramado en el piso, en medio de la pista de baile. Pero no morí. Acá estoy. Todo está ordenado y huele a limón y a ropa limpia. *Al fin en casa,* repite Alberto.

Alberto no es un lindo nombre pero es el nombre justo para él, pienso que ningún otro le vendría bien. Creo que mis anteriores novios se llamaron Pablo o

Martín. Lo miro a los ojos. Me viene a la memoria una imagen de él, una tarde tomando café. Estamos en la mesa de un bar cercano a la facultad y hablamos de casarnos. Le pregunto si eso fue así, si fue real. Dice que claro que fue así, hace ya bastante tiempo, y me acaricia los brazos como si hiciera frío. *Fue el día que rendiste el último examen de mi materia. Ahí te lo propuse.*

Me quedo pensando en eso y en por qué nos casamos, y en cómo era yo.

No perdí el hábito de escribir. Ahora escribo en papelitos, en los bordes de los diarios que lee Alberto todas las mañanas, detrás de los tickets de supermercado que encuentro en la cocina. A la computadora no puedo volver. A los cuadernos tampoco, aunque me parezcan tan lindos. Los abro y pienso que los voy a gastar, a estropear con pavadas sin sentido. Prefiero escribir en hojas sueltas, cosas sin importancia en papeles sin importancia que van a parar a la basura.

Mónica llega temprano todos los días y se queda conmigo. Ella hace todas las cosas de la casa y también cuida al chico. Yo la sigo por el departamento y ella me habla mientras cocina o cambia las sábanas o pone la ropa a lavar. Le preocupa lo desordenado y lleno de papeles que está mi escritorio.

Cuando se sienta mejor me tiene que indicar cuáles son las cosas que hay que tirar.

Vayamos ahora.

Mónica abre la puerta de mi escritorio y corre con un pie unas cajas para que podamos pasar. Yo miro a nuestro alrededor. En este lugar todo está revuelto, papeles, cajas, polvo. Nada huele a limón ni a ropa limpia. Mónica dice que en los últimos años, gracias a su ayuda, yo podía pasar acá largas horas escribiendo sin interrupciones.

¿Escribiendo qué?

No sé, sus cosas, los libros.

Mónica me mira con cara de confundida. Busca en un estante de la pared, baja dos libros y me los da. Me mira como esperando algo.

¿No ve su nombre?, dice señalándolos.

Miro las tapas, los abro, pero me duele la cabeza y decido dejarlos para después.

Antes del accidente estaba escribiendo un libro nuevo. Usted hablaba de eso todo el día, ¿de verdad no se acuerda? Hablaba de eso todo el día.

Le pido que me cuente. Mónica hace un silencio, pareciera estar organizando en su cabeza lo que va a decir.

Es una cosa de parientes suyos. Una historia lejana. Como del siglo pasado o del anterior.

Miro a mi alrededor. Fui yo la que dejó todo así antes del accidente. Mónica aclara que este desorden se debe a que le tengo prohibido limpiar esta habitación. Me explica que los cuadernos siguen abiertos donde yo los dejé, lo único que ella hizo en todo este tiempo fue pasar un plumero y sacar los vasos y las tazas que se habían ido acumulando.

No se preocupe, cuando se sienta mejor ya me dirá qué se puede guardar y qué se puede tirar. Ahora lo que tiene que hacer, señora Ana, es descansar para ponerse bien.

El chico

Intento escribir, intento leer, intento hacer cosas, pero el chico me distrae, llora. Quiere atención, mostrarme un dibujo que hizo. No entiendo qué es, ¿un humano?, ¿una jirafa? Cuando le pregunto llora, quiere que yo sea como antes. Antes le preparaba la leche con galletitas y no sé qué más. Apenas sabe hablar pero se las arregla para hacerse entender. Yo no recuerdo nada de todo eso. No sé dónde guardan las galletitas.

Las cosas que me importan

Pregunto a Alberto qué cosas me importan. Volvemos caminando a casa después de una tomografía, es una mañana fresca y de a ratos asoma el sol entre las nubes oscuras. Vamos despacio, pensativos, y parece un buen momento para recordar cosas que se me borraron con el accidente. *La familia*, dice Alberto, *el nene*. Asegura que eso es lo primordial para mí, que siempre lo fue. Puede ser, suena razonable. A él le preocupa sobre todo lo que me pasa con el nombre del chico, que se me va. Se me va por completo. De eso tengo que hablar mucho con los médicos, dice. Le pregunto qué otras cosas me interesan.

Tu carrera, tus clases, tus alumnos. Ya te vas a enganchar de nuevo, esto no puede durar mucho.

Quiero saber más. Él sonríe, dice que me gustan las pastas, el helado de chocolate amargo, todas las frutas menos el kiwi, que prefiero el cabernet al malbec y que casi no como pescado. Me dan miedo los aviones y aunque saqué el registro no manejo en la ciudad. Con él superé la fobia a volar y conocí muchos lugares, pero desde que nació el chico ya no viajamos tanto. En cambio construimos una casa en la playa. A mí me encanta esa casa porque ahí *me desenchufo*, dice. Él tiene planeado que cuando termine esta etapa de exámenes médicos nos vayamos unos días para allá. Los tres para allá. Habla también de mi pelo, que siempre lo usé más ondulado, con más volumen y ahora lo ve como chato. A mí me gusta de la otra manera y a él también.

Mónica me contó que yo escribía un libro.

Sí. Una novela.

Caminamos callados. Espero que vuelva a hablar, parece concentrado en otra cosa.

¿De qué se trata?

Es largo. ¿Querés que te cuente ahora?

Sí.

Caminamos más despacio. Alberto ahueca la voz como si estuviera dando una clase.

Es algo de tema histórico... bueno, no le podías encontrar la forma todavía. Iba a empezar a finales del siglo XIX, en la campaña del Chaco. La historia viene de tu familia, vos la conocés por tu papá...

¿Cómo es la historia?

El bisabuelo de tu papá, o sea, tu tatarabuelo, fue director de banda en el ejército de Roca. ¿Te acordás de quién es Roca?

No.

Bueno, no tiene importancia ahora. Pronto te vas a acordar de todo.

¿Un presidente?

El militar que lideró lo que llamaron la campaña del desierto. Después fue también presidente, sí.

¿Y mi abuelo?

No tu abuelo, tu tatarabuelo. El abuelo de tu abuelo. Hace cien años o más de todo eso. Era músico, cuando llegó de Italia lo nombraron director de banda en el ejército. Roca mandó las tropas a arrasar los asentamientos de los indios guaicurúes en el

Chaco. Cuando el ejército avanzaba, aparecían primero los soldados disparando y prendiendo fuego las tolderías, atrás llegaba tu tatarabuelo con la batuta. La banda de música arengaba al regimiento con marchas militares. A vos te impresionaba pensar que esa música era un arma de guerra. En una de esas embestidas, tu tatarabuelo encontró una nena llorando. Una chiquita toba, ahí confundida entre el humo y todos esos cuerpos desparramados. La subió al galope, la escondió abajo de la capa y se la trajo a vivir a su casa con su familia. La bautizaron, le pusieron María. El nombre original no se sabe. La llamaban María la China, y fue sirvienta del viejo, los hijos y los nietos por el resto de sus días. Para tu familia tu tatarabuelo es un orgullo, una especie de prócer. Sobre esa historia estabas tratando de escribir. Todavía no le encontrabas la forma, le dabas muchas vueltas. Ahora lo único que importa es concentrarnos en tu recuperación.

No entiendo cómo caminando tan despacio llegamos a casa tan rápido. Mónica y el chico nos reciben en la puerta, nos estuvieron esperando para servir el almuerzo. Alberto ayuda a poner la mesa y dice que me lave las manos. En el espejo del baño me veo muy pálida. Mientras comemos imagino a mi tatarabuelo, a los músicos militares y a la nena toba. Las imágenes se mezclan con las ensoñaciones del hospital, con las palabras que a veces escribo en papeles sueltos. Alberto habla del pronóstico de lluvias para esta semana y corta en pedacitos la comida del chico. Cuando Mónica levanta los platos Alberto pregunta en qué pienso, dice que estoy como en otro mundo. Respondo que no, que estoy acá y que no pienso en nada.

El vendedor de la calle Brasil

Cuando el chico duerme yo deambulo por la casa pensando qué hacer. Toco la herida de mi cabeza frente al espejo y busco una manera de peinarme que sea mía. Pregunto a Mónica por mi pelo. Ella dice que antes lo usaba más levantado, trae una foto que hay en la biblioteca: estoy yo, recibiendo el título de la universidad con un vestido rojo, y tengo el pelo brilloso, muy espeso. *Por ahí era la forma de usar el secador de pelo*, dice. Me cuenta que una hermana suya usa un rizador eléctrico de una marca muy buena. No sabe dónde se consiguen, supone que en internet deben aparecer. Le pido que busquemos en la computadora, ella la enciende y la maneja. En internet hay millones de rizadores eléctricos, pero nos cuesta encontrar el que buscamos. Elegimos uno de un local de artículos de belleza en una galería de la calle Brasil. Mandamos un mensaje preguntando si tienen. Al rato contestan que quedan tres en stock. Volvemos a escribir preguntando si son fáciles de usar. Dicen que son muy fáciles de usar y dan un buen resultado en los cabellos sin cuerpo. Escribimos preguntando si ellos lo saben por experiencia o están copiando lo que dice en la caja. No responden más. Decidimos ir hasta la galería de la calle Brasil y comprarlo directamente.

La calle Brasil queda en el barrio Constitución. Mónica se pone nerviosa porque es mi primera salida después del accidente y pregunta si no sería mejor tomar un taxi. Le digo que el subte está bien. Se alegra de que nos pudimos sentar, dice que hay asientos porque ya no es la hora pico. Me explica qué es la hora pico.

La galería de la calle Brasil me parece un lugar del pasado, de mi infancia o de algún sueño. Una sensación familiar que se desprende de los mosaicos del piso, de los colores, del aire que corre fresco, del eco de los pasos. Cuando entramos al local vemos un mueble con cosas para la casa y para la belleza personal. Mónica dice en voz baja que estos artefactos y productos deben ser contrabandeados. Un hombre aparece detrás del mostrador, ella lo encara. Le pido que me deje a mí, que puedo hacer una compra perfectamente. Pregunto por el rizador. Cuando empiezo a hablarle noto que me observa de una forma rara. Primero mira mi boca, después sube la mirada por mi nariz, pasa rápido por los ojos y se detiene en la venda de mi frente.

¿Qué le pasó?

Un accidente. Me lastimé.

Él me sonríe. Lo observo moverse por el negocio, me distraigo imaginando su espalda y sus piernas debajo de la ropa, y qué pasaría si estuviéramos solos. *¡Acá está!*, dice abriendo una caja. Nos muestra el rizador y cómo se usa. Sus manos se mueven tan lento que parece estar haciendo un truco de magia. Me indica que la perilla para arriba tira aire caliente y que para abajo lo tira frío, me agarra una mano y acomoda mis dedos en el aparato para que lo pruebe yo misma. Siento un cosquilleo detrás de las rodillas. Tengo miedo de no estar atendiendo a lo que dice. Con el secador en las manos nos miramos a los ojos. Tiene las cejas espesas y un poco inclinadas hacia abajo como si estuviera triste. *¿Lo vas a llevar?*, pregunta. No me salen las palabras. *Sí*, dice Mónica, *lo vamos a llevar*. Y le pide que nos cobre para poder irnos antes de que empiece la hora pico.

A la vuelta, en el subte, viajamos calladas. Yo miro a todas las personas del vagón. Miro hombres y manos de hombre instintivamente, y miro hebillas, zapatos y cuerpos de mujeres también.

Todos se mueven

Estamos los cuatro en casa. Mónica pregunta a Alberto por las novedades de mi salud. Según él los exámenes van bien, no hay lesiones internas ni causas médicas para entender lo que pasa con mi memoria. Evidentemente, dice, algo raro pasó en mi cabeza pero la bola de espejos no me hizo nada. No hay lesión ni nada que el golpe haya provocado más allá del corte en mi frente. Tampoco parezco haber sufrido un episodio isquémico, aunque todavía esperamos el resultado de varios estudios. Mónica lo escucha callada, después saca de su bolsillo el vuelto de las compras y se lo da. El chico pide leche. Alberto guarda el dinero en su billetera. *Leche no, ya es la hora de almorzar.* Mónica avisa que enseguida estará la comida. El chico llora, pide leche. Alberto pregunta si vimos sus anteojos, Mónica le indica dónde están. El chico llora más fuerte, aturde. Abro la heladera y busco la leche, no sé cuál es el yogur y cuál es la leche, son sachets iguales. Levanto uno y se me cae al suelo y el piso de la cocina es un enchastre de yogur. Mónica trae enseguida un trapo mojado. Me quedo parada, tratando de no tocar nada, viendo cómo se mueven los tres de acá para allá, de un lado a otro, avanzan y retroceden. Alberto pone la mesa y le sirve la leche al chico, que deja de llorar y me mira por arriba del vaso. Sus ojos son parecidos a los de Alberto, su frente tiene la forma de la mía. Es muy chico todavía. Posiblemente no se termine pareciendo mucho a ninguno. Quiero que se quede quieto un momento para mirarlo mejor. Dejame verte bien. Sé que en tu cara estoy yo, sé que mi papá está en la forma de tus cejas. Y mi mamá en tu nariz. Pero vas a cambiar rápido. Mirame un rato más, sin gritar, sin llorar. Quedate un poco quieto.

La plaza

En estos días todos hablan del tiempo, del desastroso clima de Buenos Aires. Tercera semana de lluvia, anuncia el noticiero que mira Mónica en el televisor de la cocina a todo volumen. Desde el balcón de nuestra casa el cielo parece irreal, atravesado por líneas como venas luminosas que se pierden en la oscuridad. Todas las tardes salgo al balcón y puedo pasar horas ahí mirando los colores y la forma de las nubes, hasta que Mónica o Alberto me piden que vuelva a entrar. El cielo está así, encapotado, atravesado de rayos, desde el día en que llegué del hospital.

Una tarde no llueve y Mónica prepara al chico para llevarlo a la plaza. Imagino que antes eso lo haría yo, entonces quiero acompañarlos y vamos los tres. Nos ponemos las camperas y llevamos juguetes: dos cochecitos y un muñeco con capa. La plaza está inundada en la zona de los juegos y en algunos sectores del pasto. Hay gente paseando a sus perros y chicos por todos lados. Los padres tratan de que sus hijos no se metan en los charcos. Dos adolescentes se besan apretándose sobre un banco de cemento. Me quedo mirándolos sin darme cuenta y Mónica me lo hace notar. *Señora, no los mire, dejelós.* Seguimos camino, el chico corre con pasos cortos y torpes delante de nosotras. Se sienta sobre una lona que tiramos en el pasto y se entretiene con los juguetes. Nosotras ocupamos uno de los bancos. Es un lindo día, hacía frío cuando salimos y ahora el sol que asoma entre las nubes nos entibia. Para Mónica debe ser mejor estar acá que en casa planchando, lavando, tendiendo las camas. Me pregunto por qué no habrá encontrado un trabajo mejor que este. Yo la miro y ella vigila al chico que se unió a un grupito de nenes. Están todos juntos pero siguen jugando solos, cada uno con sus juguetes. Mónica se levanta y saluda con la cabeza a una mujer parada entre los chicos.

¿Quién es?

¿Quién?

Esa mujer.

Es su vecina, la del tercero.

¿Yo la conozco?

Claro que la conoce. Es la vecina del tercero.

Me arreglo la ropa y saludo moviendo la cabeza igual que Mónica. La mujer me devuelve el saludo con la mano.

El cielo se nubla por completo y todo se oscurece. Caen unas gotas, el chico llora. La mujer tironea el brazo de un nene pelirrojo que debe ser su hijo. Las otras madres también levantan a los suyos y se los llevan. Mónica carga a upa al chico y señala los juguetes para que los junte yo.

Llegamos al departamento antes de que nos agarre la lluvia más fuerte. Mónica baña al chico y lo viste con ropa limpia. Yo salgo al balcón a mirar el cielo y escuchar los truenos que suenan cada vez más cerca.

Las palabras

A veces digo café y no estoy segura si es café lo que quiero pedir, porque las palabras no me suenan a nada. Otras veces recuerdo frases enteras que alguna vez dije o leí o me dijeron: "estoy enamorado de vos", "la basura se saca hasta las doce", "más vale tarde que nunca", "el futuro es nuestro".

Digo café, digo permiso, digo invierno, digo gracias. Entiendo las palabras en la cabeza, pero pierden sentido al pronunciarlas. La boca se me traba como si no estuviera acostumbrada a esos movimientos.

Llora, llora, urutaú / en las ramas del yatay / ya no existe el Paraguay / donde nací como tú / Llora, llora, urutaú!

Despierto con estos versos sonando en mi cabeza. Se los recito a Alberto y le pregunto si es una poesía mía.

Él me mira con los ojos muy abiertos y después se ríe.

No. Es un poema de Guido y Spano creo, un escritor de fines del siglo diecinueve. ¿Te acordás más?

No, eso solo.

Alberto busca en su teléfono celular un retrato de Guido y Spano, la fecha exacta de su nacimiento y otros datos de la biografía y los lee en voz alta: *Car-*

los Rufino Pedro Ángel Luis Guido y Spano, más conocido como Carlos Guido Spano (Buenos Aires, 19 de enero de 1827 - Buenos Aires, 25 de julio de 1918), fue un poeta argentino cultor del romanticismo. El 15 de abril de 1866 publicó un folleto a través del cual expresaba su rotunda oposición a la Guerra contra el Paraguay. Fue preso por orden de Bartolomé Mitre el 26 de julio del mismo año. Falleció en Buenos Aires el 25 de julio de 1918 y fue enterrado en el Cementerio de la Recoleta.

Alberto sigue leyendo datos y fechas. Pero ahora las palabras que pronuncia se deforman en sonidos que no entiendo. Me mira. *Me perdí*, le digo. Él deja el teléfono sobre la mesa y se sienta en el sillón a leer el diario en silencio.

La siesta

Esta mañana, antes de irse a trabajar, Alberto insistió en que durmiera la siesta.

Cuanto más tiempo descanses, más pronto te vas a recuperar.

Pero ya es la tarde y estoy despierta, mirando al chico que juega en el living, mirando a Mónica ir y venir, servir la merienda, sacudir sábanas, mandar mensajes de audio a Alberto. Dice *todo en orden, señor Alberto, todo normal.* Después me encierro en el escritorio entre los libros y las cajas. Hay cuadernos enteros repletos de notas para el libro que escribía. Ojeo algunos. Veo descripciones de uniformes militares del Ejército Expedicionario, clasificaciones de instrumentos musicales, fechas de batallas, listas de palabras en otro idioma, vocabulario militar, planes de trabajo, listas, más listas. También hay libros de historia abiertos y marcados. Abro una agenda atestada de anotaciones. Con tinta roja veo señaladas fechas de examen, visitas al dentista, reunión de padres. Supongo que Alberto se habrá ocupado de todo durante este tiempo.

Acá trabajaba yo, acá leía estos libros, acá escribía

estos cuadernos llenos de notas que ahora leo con tanto esfuerzo. Me cuesta reconocer mi propia letra:

"Revisar fecha - última expedición".

"Ordenar correspondencia de N. Uriburu, jefes militares y familiares. Ver caja 'Correspondencia'".

"Agregar: testimonio de / número de caja / colección de postales / visto capital más documentos".

Mónica golpea la puerta y pregunta si me siento bien. Me enoja su interrupción. Ahora las letras en el cuaderno forman palabras irreconocibles. Un renglón entero que no dice nada entendible, y otro, y en el siguiente tampoco logro entender nada. No puedo leer. *¡No puedo leer, Mónica!*

Abro la puerta de mi escritorio.

Señora, mejor recuestesé.

Me agarra de un brazo y me acompaña hasta la pieza.

Es hora de la siesta y debe estar muy cansada, recuestesé un rato.

Me siento en la cama, me saco las zapatillas, el jean, desabrocho el corpiño por debajo de la remera. Todo el cuerpo me pesa y siento la cabeza afiebrada. La cama huele a limpio, las sábanas están recién cambiadas. Abrazo la almohada. Tengo los ojos abiertos, es lo mismo estar despierta o dormida. Es como si no estuviera en ninguna parte, flotando en pensamientos sin forma.

¿Cómo funciona un cerebro? Al mío pude verlo en las placas de las tomografías. Parece una nuez cortada a la mitad. ¿En qué parte se guarda todo lo que una persona aprende en su vida, lo que consigue entender con mucho esfuerzo, lo que alguna vez le explicaron, lo que descubrió sola, lo que prefirió no saber? Intento decir en voz alta los nombres de las cosas que se me van, el nombre del chico. ¿Cómo era yo a su edad? No encuentro nada claro en mi cabeza. Busco imágenes en la memoria, aparece un olor a nafta, un micro escolar. Antes de que me venza el sueño, por fin me veo. Soy unos años más grande que él, me llevan a una excursión con el colegio, en el micro de la escuela, y el olor a nafta me descompone. Mis compañeros gritan y pisan cajas de jugo vacías contra el piso. Atravesamos el campo, un paisaje chato y seco, hasta llegar a un pueblo de la provincia de Buenos Aires. Recorremos algunas de sus calles, cruzamos una plaza y entramos a un museo instalado en las habitaciones de una casa colonial. Una empleada con voz gruesa y olor a cigarrillo nos hace de guía. Hay cuadros con fotos y pinturas en las paredes. En uno de esos dibujos un malón rodea el caballo de un militar que está a punto de caer atravesado por una lanza. En otra habitación la guía señala con el puntero unos sables colgados en la pared y una vitrina donde exhiben armas y medallas. Hay también una batuta de orquesta y un cartelito con un nombre y un apellido. Es mi apellido, nadie lo nota. Me doy cuenta de que los objetos en la vitrina pertenecieron a mi tatarabuelo. Levanto la mano para contar la historia a todos. Nadie me mira. Mientras la guía habla y habla vuelvo a levantar la mano varias veces hasta que la maestra me aprieta el brazo y dice que no interrumpa. Cuando termina el recorrido por el museo volvemos al micro. Nos hacen numerar para asegurarnos de que no falte nadie y seguimos la excursión.

Los que vienen

De las personas que vinieron a visitarme durante estos días solo reconocí a mi mamá. Con ella pude conversar, aunque habló mucho más que yo y no entendí todo lo que dijo. Al resto de los que vinieron no los recuerdo. Alberto atendió varios llamados de gente preocupada por mí y a muy pocos los invitó a venir. Dijo que no era un buen momento todavía para que yo recibiera muchas visitas y que convenía que vinieran de a uno y no se quedaran más de una hora.

Mi mamá habló de su salud, de sus planes, de un viaje que tenemos pendiente a Roma cuando termine mi recuperación.

Roma es tu ciudad favorita y la mía también.

¿Roma? ¿Y cuál era la ciudad favorita de papá?

¿La de tu papá? No sé, La Plata supongo.

Le pedí que hablara más de él pero no lo hizo. *¿Qué te puedo decir que vos no sepas?* Me parece que no termina de creer lo que me pasa.

Su cara es parecida a la mía, sus ojos son claros, su piel luminosa y casi no tiene arrugas a sus setenta años. Cuanto más observo sus gestos, menos entiendo lo que dice. Su voz me tranquiliza en algunos momentos y me aturde en otros. Tuve ganas de contarle cosas que nos hicieran reír. No supe qué ni cómo. Ella hablaba sin mirarme a los ojos.

No sabés toda la gente que me estuvo preguntando por vos. ¡Toda la gente que te manda saludos! Puse tu foto en el Facebook cuando te dieron el alta. Dejame que lo busco en el teléfono y te lo leo. Este es de Raquel: "Me alegra mucho ver que Ana ya está mejor y en su casa". Este de Ansaldi: "Qué bueno que su hija ya está en casa con su familia hermosa". Romi puso un corazoncito. Ah, mirá, este es de tu tía Sonia: "Qué alegría que haya sido solo un susto. Les mando muchos besos y muchos cariños. ¿Sigue escribiendo ese libro sobre la historia del Tata?". Bueno, abajo otro corazón de mi amiga Cheche... y otro corazoncito de un tal Ahmed, no sé quién será.

Siguió hablando un rato largo. Mencionó nombres de personas y lugares que no me suenan de nada. Habló de un médico homeópata y de un artículo que leyó, acerca de un tratamiento natural con yuyos que ayudan a la memoria y a la concentración. Habló de la importancia de la alimentación y prometió pasarle a Mónica una receta. Cuando se iba quiso que despertara al chico para darle un beso y dijo que, si nosotros aceptábamos, ella podía tenerlo en su casa unos días.

Unos días, hasta que te recuperes.

No sé, voy a preguntarle a Alberto.

Las pocas veces que me miró, los ojos se le llenaron de lágrimas que me parecieron de compasión. Cuando se iba preguntó por las cajas de mi escritorio y si necesitaba ayuda para ordenar todo eso. Dije que no hacía falta y agradecí. Ella insistió. Volví a decir que no. Vi otra vez sus ojos y me pareció que esas lágrimas también podían ser de enojo, de un enojo profundo que me hacía doler.

El editor

Otra persona que vino a verme fue mi editor. Alberto no estaba, Mónica lo dejó pasar. *Solo un momento porque la señora se cansa mucho.*

Cuando estuvo frente a mí tuve la sensación de que mi cuerpo se encogía. Miré mis piernas y mis zapatos como si necesitara comprobar mi tamaño. Respiré hondo. El editor es un hombre altísimo, de proporciones raras, flaco y gordo al mismo tiempo, envejecido para su edad pero con aspecto juvenil. Todo me resultó ambiguo y contradictorio en él. Nos saludamos en el living y nos sentamos uno enfrente del otro. Estuvo un rato incómodo, callado, tosía mucho y movía su cuerpo en el sillón como si tuviera que acomodar una masa escurridiza en un molde demasiado estrecho. Cuando encontró una posición, cruzó una pierna sobre la otra y me miró estudiándome.

No puedo creer que no sepas quién soy, dijo.

No sé, respondí, y pensé que todos estos objetos del living, el florero, los sillones, las cortinas, fueron cosas que alguna vez elegí con cuidado y que ahora tampoco reconozco. Mónica nos ofreció un café que rechazamos los dos.

¿De lo que estabas escribiendo tampoco te acordás nada?
Nada.

Él se rascó el tobillo un rato sin hablar. Después se paró, pidió permiso para salir a fumar al balcón y desapareció de mi vista. Seguí quieta en mi lugar. Alberto había dicho que no convenía recibir muchas visitas porque me podían alterar y eso no era bueno para mi recuperación. Traté de estar tranquila aunque el corazón me latía rápido, los pensamientos se superponían y me daban sacudones.

Yo escribía un libro. Conocía a mucha gente. Había charlas, había fiestas, amigos. Trataba de escribir una historia, una historia familiar. No le podía encontrar la forma. Llora, llora, urutaú. La banda del ejército arengaba al regimiento. Los objetos del living los elegí con cuidado. Ya no existe el Paraguay. Me sentaba a escribir. En las ramas del yatay. Donde nací, como tú.

El aire alimonado del living se fue impregnando de olor a tabaco. Los músculos de todo el cuerpo se me estremecieron. Me levanté despacio del sillón y salí al balcón para mirar al editor otra vez. Mis recuerdos son cosas sin forma, flotan en un río lleno de basura. A veces atisbo algo que creo reconocer, una cicatriz de mi infancia, un olor que me eriza la piel o cierto tono de voz que trae la imagen de alguna persona. Este hombre que fumaba en mi balcón y hablaba de no sé qué parecía emerger de ese fondo sucio de la memoria. Lo escuché aunque solo pude retener unas pocas frases. *Se viene la lluvia*, dijo para dar por terminado su monólogo. Los dos callados miramos las nubes grises hincharse de electricidad. Quise responder alguna cosa. Hablé de las nubes, de que parecían las alas de un pájaro esfumándose en el cielo. Algo así. Empezó a sonar la alarma de un auto estacionado cerca. Las luces de la calle se encendieron. El editor apagó el cigarrillo en el borde de una maceta y me miró como se mira a través del aire. Con palabras que entendí pero me resultaron vacías dijo que tenía que irse, que me llamaría pronto, que lamentaba mucho todo lo que había pasado.

El libro

Paso las siestas dando vueltas en la cama. Muchas veces tengo la sensación de que soy enorme, muy pesada, y que la cama se va a romper. Otras, que soy tan chiquita que podría hundirme y ahogarme entre las frazadas. Hay tardes en que las dos sensaciones aparecen al mismo tiempo. Para calmarme me obligo a pensar en otra cosa. En el vendedor de la calle Brasil. Primero reconstruyo sus ojos, su boca, las manos. Cuando logro imaginarlo entero, sueño despierta que voy a verlo y que él con mucho cuidado me saca la venda de la frente. Me toca la herida con los labios, pasa por los ojos y la nariz hasta que nos besamos en la boca. Mientras me besa agarra mi cabeza con sus manos, que son tan grandes que me cubren el cráneo entero.

Me despiertan del ensueño las voces en el living. Alberto llegó, Mónica le cuenta qué hice en el día y cómo estuve.

La señora está afligida porque le cuesta hacer las cosas pero ya se va a poner mejor.

Lo dice en voz muy alta para que yo la escuche desde la pieza. Después agarra su abrigo y su cartera y se va a su casa. Me quedo un rato en la cama hasta que Alberto me llama.

Estamos los dos en el sillón. El chico duerme o juega en su cuarto. Mi marido me mira con pena. Le pido que me dé algo para leer.

¿El diario?

No, algún libro.

¿Qué libro?

No sé, cualquiera.

Alberto busca en la biblioteca. Me da un libro pesado de tapa gris y lomo turquesa. Leo en voz alta, lentamente para no equivocarme:

La his-toria ar-gentina de fines del siglo xis y del siglo equis-equis no podría ser si-quiera comprendida sin ref-erir-se a la tem-prana co-n-forma-ción de una cla-se trabaja-dora de origen in-mi-gra-gratorio…

Un poco más, dice Alberto, *leé un poco más y vas a ver cómo vas mejorando. Si querés tratamos con una cosa más fácil, una novela, un cuento,* dice buscando en los estantes más altos de la biblioteca.

Quisiera leer eso que estaba escribiendo, mi libro.

Él cree que no es buena idea pero al rato estamos sentados frente a mi computadora, rodeados de las cajas, libros y papeles apilados. Alberto no sabe cuál es el archivo correcto, abre y cierra documentos en la pantalla. Finalmente me muestra el único documento guardado bajo el nombre NOVELA. Aparece una lista con títulos de supuestos capítulos. Los primeros están seguidos de notas. Más abajo se suceden sin ninguna descripción ni plan. Todo el documento no llega a las dos carillas, Alberto lo lee en voz alta:

- El desierto:
Conquista del Chaco. Domesticación y resistencia: última etapa. Narrar desde la época. Ver tópicos discursivos que ilustran los supuestos de cada etapa: a) Narrativa del desierto, b) Narrativa del colono, c) Narrativa de la colonia aborigen, d) Narrativa de la reparación histórica.

- La frontera:
Proyecto nacional de expansión de la frontera. Ellos (los indios) son la frontera.
Sarmiento: "La aparición de los indios en Rojas y Fuerte Mercedes ha vuelto a traer ante la consideración del público la idea muy cristiana de que somos mortales, esto es, que tenemos fronteras". (*El Nacional*, 10 de septiembre de 1856)

- María la China:
Escena de ella durmiendo en su cuarto de empleada doméstica (+ o - 1900). Descripción del caserón de La Plata. Tiene doce o catorce años. (Camisón de lino blanco, largas trenzas, etc.). Sueña con madre, hermanos, ¿animales? Al despertar recuerda: la piel descubierta, las sandalias de cuero. Las palabras que antes sabía para llamar las cosas.

- La apropiación:
Hija / sirvienta. Concierto en el Teatro Argentino: la india no soporta escuchar "esa música". Describir focalizando en ella. Trombones y platillos: escalofríos. (Más adelante evitará ese dolor poniendo como excusa que ella no sirve para escuchar música). Dice un familiar: "Eso de los instrumentos y los pentagramas se les

da mejor a los otros chicos de la casa. Será porque lo llevan en la sangre".

- Recuerdo del Gran Chaco:
El azul del cielo - La noche a la intemperie - Las estrellas grandes como al alcance de la mano - El olor del guayacán humedecido - El chancho salvaje, los chaguares.
El sonido de un clarinete agudo, el fondo grave de tambores, los redoblantes.
El calor, los insectos, los gemidos del monte, horizonte con fuego, el suelo temblando, despojos humanos, degüellos, silencio de la llanura.

- La banda militar:
Formación de la banda: listado de instrumentos / piezas. Retrato de los músicos. Ver correspondencia caja 14, folio 152 y siguientes.

- El poblado / el puesto:
Revisar datos museo Ranchos, museo Rauch. Revisar M. etnográfico.

- El viaje a La Plata:
Narración sobre dos hipótesis diferentes.

- La lengua:

- La familia:

- Fotos de familia:
C1, 23, 24, 57, 58, 59, 63, 71, en caja Fotos Familia.

- Propiedad:

- Lejanía:

Después de leer el documento Alberto quiere apagar la computadora y que nos vayamos a dormir. Le digo que vaya y se acueste, que en un rato lo acompaño. Pero yo no quiero ir a dormir. Me quedo abriendo los cuadernos, mirando los papeles apilados en el escritorio. Paso acá toda la noche, pensando de dónde saqué yo todo esto y qué es lo que quiero escribir. Lo que quería hacer. De los cuadernos entiendo cosas sueltas, algunas descripciones, unos nombres, aunque leo tan despacio que es inútil. Todo lo que alguna vez aprendí pende ahora de unos hilos pringosos, de una telaraña rota que ocupa mi cabeza. Pienso eso porque cuando levanto la mirada de los cuadernos veo frente a mí una telaraña real, extendida entre dos estantes altos del ángulo de la pared. Un bicho con alas, bastante grande, está atrapado. No sé qué bicho es, tal vez una libélula de la lluvia que entró por la ventana atraída por la luz y ahora agoniza ahí pegoteada. Intento alcanzarla empuñando una birome con el brazo lo más estirado que puedo. Llego a mover los hilos y veo aparecer desde la penumbra a la araña de patas finas y largas, vigilante de su presa. Debo hacerlo rápido, un movimiento certero que corte los hilos. Cierro los ojos y muevo la birome en un vaivén frenético. Espero escuchar el aletear de la víctima liberándose o sentir el pinchazo venenoso de la araña en mi mano. Nada de eso ocurre. Cuando abro los ojos el escenario es penoso. La libélula cayó muerta al piso y la araña quieta parece lamentar la pérdida del alimento para todo el invierno. Apago la luz, cierro la puerta y me alejo rápido del escritorio. Despierto a Alberto en la madrugada. Le digo que creo que ya no sé leer, que hagamos algo antes de que todo sea peor.

La casa de la playa

Los médicos insisten en que no hay motivos claros para entender lo que me pasa. Si las cosas no mejoran voy a empezar un tratamiento ambulatorio. Primero hay que esperar los resultados de mis últimos estudios. Alberto propone que hasta entonces pasemos unos días en la casa de la costa, dice que nos vendrá bien alejarnos del bullicio y respirar un poco de naturaleza.

Como los vestidos de playa no sirven para esta época, puse en el bolso un saco grueso de lana, mi camisón, ropa interior, un pantalón de jean, un jogging y algunas camisetas. Mónica preparó el bolso del chico.

Ahora ando con el saco puesto todo el día. Hace un frío de hielo en este lugar. Alberto dice que me encanta esta casa, pero no sé. Siento el ardor de mi cabeza al recordar cosas. El terreno vacío, unos palos sueltos, unas columnas, esta casa. Los materiales, el dinero para los materiales que pedimos en un banco, que había que comprar la bacha para el baño. Que bacha significa pileta. Todo aparece mezclado con el polvillo, los viajes ida y vuelta por la ruta los fines de semana. El chico chillando en el asiento de atrás del auto, cansado, aburrido.

Esta casa te encanta, es tu lugar en el mundo, repite Alberto mientras intenta prender la estufa. *Siempre cuesta encenderla cuando pasa tantos meses apagada.*

Está agachado prendiendo fósforos que se le apagan enseguida. Yo estoy parada, quieta, buscando con la mirada algo que me resulte conocido.

Acá terminaste la tesis, acá venimos a pasar las fiestas, acá te concentrás mejor para escribir. Esta casa la hiciste vos.

No, la hicieron los albañiles.

Bueno, es una forma de decir, amor, explica y logra encender la estufa, que hace una pequeña explosión, y él y el chico se ríen porque saben que no es peligrosa.

Alberto está inquieto, dice que quiero un té y me lo prepara. Pienso que tiene pena, susto de que las cosas no vuelvan a ser como antes. El chico desparramó sus juguetes en el piso y aunque la estufa está al máximo sigue haciendo frío en todas partes. ¿Yo elegí este piso? *Es porcelanato*, dice. A mí me gusta la madera. ¿Y los muebles? *¿Y estos muebles?*

Alberto trae el té y se arrima a mi lado. Habla del viento que sopla afuera muy fuerte y hace crujir los árboles. Parece peligroso, pero no me tengo que asustar. No pasa nada. Acá siempre es así en esta época.

¿Cuánto tiempo nos vamos a quedar?

Unos días nomás. Vinimos a descansar y a que te mejores.

A la mañana Alberto sale a comprar el diario. Yo pongo el agua a calentar en un jarrito y cuando está a punto de hervir le tiro una cucharada grande de café, lo revuelvo y apago el fuego. Después con un filtro lo paso a una cafetera blanca que tiene una tapa para que no se enfríe. La casa se llena de olor a café y el chico se levanta descalzo. Busco medias y se las pongo. Lo abrigo también con un buzo por encima del piyama. En casa todas estas cosas las haría Mónica. Me alegro de que ella no esté acá para hacerlas yo. Cuando llega Alberto sirvo el café y pongo a tostar el pan. Me distraigo y las tostadas se queman. Alberto dice que no importa, hacemos más. Tomamos café durante casi dos horas mientras él lee el diario, el chico toma la leche y juega con un pony de plástico que tiene la cola violeta y fucsia.

Salimos a caminar. Vamos abrigados, con bufandas y capuchas, por una calle de tierra, bordeada de pinos y eucaliptos, que termina en la playa. No sé por qué vinimos a ver el mar con este frío, con este viento. Estamos los tres callados, el chico tironea del brazo de Alberto que lo sube a upa. Yo fijo la vista en el mar. Pienso en las cosas que existen en la playa y las enumero mentalmente: arena, mar, viento, caracoles, piedras, peces, espuma, plancton. Hago esto a cada rato porque creo que me ayuda. Listas mentales de todas las cosas. Empiezo por las más fáciles y termino con las más difíciles. Lo hice en la ruta, lo hago cuando voy al médico. Ahora repito temblando de frío: mar, arena, pescador, faro, nadador, muelle.

Pregunto a Alberto si sé nadar. Él sonríe antes de contestar.

No sos una experta… sí, sabías, sabés. Esas cosas no se olvidan, como andar en bicicleta.

El viento ahora es tan fuerte que se nos mete entre

la capucha y la bufanda. Alberto sugiere que volvamos porque hace mucho frío.

Sí, vamos.

Pero nos quedamos mirando el mar sin movernos.

El bosque

En la casa la estufa está al máximo, se oye el viento que golpea en las ventanas. Alberto lee un libro y el chico mira dibujitos animados en la computadora. Yo no sé qué hacer. Escribo cosas en un papel. Escribo en letra de imprenta mayúscula y repaso cada letra con la birome. Después veo a través de la ventana de la cocina dos bicicletas que reconozco enseguida. Una vieja color verde es mía. Creo haberla usado mucho, haber ido y venido de la playa por la calle de los eucaliptos. Y recuerdo que una vez me caí y me raspé una rodilla. Me levanto el pantalón para ver la rodilla pero no tiene nada. En la otra pierna tampoco veo ninguna marca. Tal vez lo de la rodilla haya sido antes, mucho antes, con otra bicicleta.

Cuando se hace de noche cenamos una pizza, y después de acostar al chico Alberto busca algo para que miremos en la computadora. Encuentra una película sueca y se alegra porque es una que a los dos nos gusta mucho. No importa cuántas veces la veamos, dice, siempre encontramos algo nuevo para comentar. Además, justamente porque ya la vi, me va a resultar fácil de seguir. Pongo toda la atención en la pantalla, un fondo negro en el que aparecen los nombres de los actores en letras blancas mientras unas campanadas se escuchan de fondo. La primera imagen es de un cura dando misa, después aparecen unos pocos feligreses escuchándolo desde sus bancos, el plano se abre más y se ve la pequeña parroquia desde afuera, en medio de un paisaje de nieve, desolado. Alberto pregunta si puedo seguir la película. Asiento con la cabeza aunque no estoy segura. Los feligreses vestidos con abrigos pesados cantan un salmo. Hace frío en la película y acá también. El viento afuera se escucha como un aullido. *En las zonas de bosque es siempre así.* Alberto me abraza. En la película todos se acercan al párroco para tomar la ostia. "El cuerpo de Cristo entregado por ti".

Imagino que el párroco es el vendedor de la calle Brasil y que voy a verlo atravesando la nieve con un tapado muy largo y un pañuelo en la cabeza. Al entrar en la parroquia él me saca el abrigo mojado, me abraza y puedo sentir su calor y su olor. Cuando estamos por besarnos aparece la voz de Alberto y todo se desintegra.

Lo pone contento verme tan concentrada en la película y que esté siguiendo bien los subtítulos. Es una suerte haberla encontrado porque es una de nuestras películas favoritas. Cuando todavía no estábamos casados nos encantaba ir al cine, íbamos mucho a los ciclos de cine clásico en las salas del centro. ¿Me acuerdo?

Hago que sí con la cabeza y dejo la mirada fija en la pantalla hasta que se me cierran los ojos.

Las vecinas de la cabaña

Creo que sería mejor volver. Acá hacemos siempre las mismas cosas: preparar el café, abrigar al chico, caminar por el bosque hasta la playa o ir en auto hasta el centro a comprar medialunas.

Con todas las estufas prendidas la casa ya no está fría, pero el aire caliente acá dentro se puso irrespirable. Alberto y el chico duermen la siesta. No creo que estar acá sirva para recuperarme, ni para juntar fuerzas, ni para nada. Salgo al jardín, me subo a la vieja bicicleta verde, estoy un rato parada, inmóvil. En un momento quito el pie que la sujeta al suelo y empiezo a andar. Cruzo el portón de madera y ya estoy afuera. Me tambaleo unos metros y pronto encuentro el equilibrio para pedalear segura, cruzo la calle de tierra y me meto por el camino que atraviesa el bosque. El aire frío y el olor de los eucaliptos me pegan en la cara y siento todos los músculos del cuerpo despertarse. Se escucha el ruido del mar cada vez más cerca. Podría andar kilómetros. Pero antes de llegar a la playa unos perros aparecen no sé por dónde. Son tres, dos medianos y uno muy grande. Ladran y corren detrás de las ruedas tirando tarascones, me hacen caer. Quedo inmóvil, la espalda contra la tierra, la bicicleta sobre las piernas. Con los brazos me cubro la cara, los perros ladran más fuerte, ahora con los hocicos babosos en mis oídos. Que no me muerdan, que no me lastimen. Hace un rato en la cocina pensé que lo mejor sería dejar de existir y ahora me aterra que estos animales me destrocen y se termine todo de una forma dolorosa y horrible.

Una voz llama a los perros y los hace callar. Los tres se alejan gruñendo con la cola entre las patas.

¿Te hicieron algo?

Una mujer envuelta en una especie de poncho se agacha a mirarme.

So-solo me hicieron caer.

La mujer me ayuda a levantar cuidando que no me apure. Revisa que no tenga nada lastimado. Se presenta como la dueña de los perros y señala una cabaña detrás de los árboles.

Ahí vivo yo. Estás bien, un poco embarrada nada más. ¿A ver? ¿Te duele algo?

No me duele nada. Pero la bicicleta está rota, se torció el manubrio y se salió la cadena. Ella insiste en que entremos a su casa para arreglarla y yo pueda sacarme el barro de las manos y la campera. Seguro que Alberto se va a asustar si despierta y no me ve, igual acepto y entramos arrastrando la bicicleta rota.

Dentro de la cabaña el olor es delicioso. Una mujer más joven está preparando mermelada en una cacerola gigante. Se seca las manos en el delantal y viene a darme un abrazo que me descoloca.

Te asustaron las bestias, ¿no?

¿Los perros? Sí. Un poco, me hicieron caer.

Ella vuelve a la mermelada, dice que son perros mansitos pero muy hinchapelotas. Hubo quejas de algunos vecinos y turistas que usan este camino del bosque para llegar a la playa. Ellas los dejan sueltos porque saben que no van a lastimar a nadie.

Ahora saca la cuchara de la cacerola y la sopla.

¿Querés probar?

Con la cuchara en la boca me pregunto qué estoy haciendo en la casa de dos extrañas. Espero sentir el gusto dulce de la mermelada. No estoy segura de sentir nada, solo un menjunje caliente que me quema un poco la lengua.

Está muy rica.

Dejo la campera embarrada en una silla de la cocina, bajo la canilla de la pileta me saco el barro de las manos. La chica me alcanza una toalla, sigue hablando de los perros, de cuánto los quieren, de que los cuidan como a hijos. La mujer del poncho se puso un par de guantes de jardinería, y con una herramienta que no conozco golpetea la bicicleta. La cabaña es cálida y colorida, llena de libros y dibujos, fotos, teteras de todos los estilos y tejidos artesanales que cubren los sillones. La chica me ofrece un té.

Aceptalo, esto me va a llevar un ratito, dice la mujer del poncho.

Me siento en uno de los sillones, el olor a té se mezcla de pronto con un olor a yuyos fuertes y dulces. Reconozco que es marihuana. Entre ellas se pasan un porro que no sé de dónde sacaron.

¿Querés?

No, gracias.

Para no caer antipática les cuento que estoy en tratamiento médico. Me subo el flequillo para mostrarles el corte que tengo en la frente.

Tuve un accidente la noche de mi cumpleaños, todavía no me recupero del golpe.

¿Un golpe cómo?

Cuento lo que puedo, mezclo lo que recuerdo y lo que me contaron: la fiesta, los nervios, el brindis, la bola espejada cayéndome encima de la cabeza en pleno baile. Ahora las dos me miran como suspendidas. Se miran entre ellas y empiezan a reírse. Nada de lo que conté es gracioso, pienso, me siento incómoda, como ofendida. Pero enseguida me da risa a mí también y pasamos un rato en una carcajada grupal. Ellas envueltas en el efecto de la marihuana y yo no sé en qué.

Desde ese accidente me cuesta mucho leer y hacer cualquier cosa. Antes daba clases y escribía un libro, ahora apenas puedo hablar, y nunca recuerdo el nombre de mi hijo.

Se ríen más fuerte y yo también.

¿De qué nos reímos?

Ninguna responde. Las risas se van apagando y ahora miramos el piso calladas. A la más joven le da tos. Se sirve un vaso de agua de la canilla, lo toma de un sorbo y dice que ella también escribe. Poesía. Y que tira el tarot. *Y ella pinta,* dice señalando a la otra.

Yo también tengo lagunas en la memoria. No una, diez pelotas de esas se me deben haber caído en la cabeza. Pero, mirá, yo creo que es bueno no acordarse de algunas cosas. De verdad es bueno. Dice la mujer del poncho.

Desde afuera llega el ladrido de los perros. Las tres nos asomamos a la ventana. Detrás de los árboles están Alberto y el chico. Parados en el borde del camino, miran la cabaña como dos extranjeros perdidos.

Es mi familia. Me vinieron a buscar.

La bici te la vas a tener que llevar caminando, dice la del poncho con cara seria y de pronto, otra vez, nos reímos las tres sin ningún motivo. Todo el cuerpo me tiembla y me salen lágrimas de risa.

No los hagas esperar, pobres. Dice la otra en medio de la carcajada.

Respiro hondo, hago fuerza para dejar de reír. Me pongo la campera y agarro la bicicleta, salgo de la cabaña rumbo a ellos.

Hoy o mañana

Alberto no sabe si volver hoy o mañana. *Es lindo estar acá pero estamos muy aislados en este luga*r, dice. No está enojado por mi salida de esta tarde, solo tuvo miedo de que me perdiera y no supiera volver. Desde que llegamos está sentado en el sillón, muy callado y pensativo. Da pena verlo así. Hablo de las vecinas, de su cabaña, le cuento que me ofrecieron marihuana y no acepté y que nos tentamos de risa sin saber por qué. Alberto sonríe. Él las conoce de antes, las ha cruzado dos o tres veces en el almacén y en una reunión vecinal, hace más de un año, en la que fueron los únicos que votaron por no contratar seguridad privada. *Son simpáticas*, dice, *pero no deberían dejar a esos perros sueltos.*
 Después de cenar me doy un baño caliente y escucho que afuera Alberto y el chico juegan a algo y se ríen. Me alivia inmediatamente saber que ya no están preocupados ni enojados ni tristes. Cuando salgo de la ducha me pongo un pantalón de jogging, la remera que uso para dormir y me acerco a ellos. Parecen estar teniendo una conversación, aunque el chico apenas sabe hablar. Se los ve concentrados y atentos uno al otro. No notan mi presencia hasta que Alberto me ve,

me acaricia la espalda y me pide que no ande con el pelo mojado, *te podés enfermar con este frío.*

En el cuarto, sentada en la cama, me seco el pelo con una toalla. Tengo las sienes doloridas, el cerebro que late. Cierro los ojos y presiono los párpados con los dedos. En la oscuridad de mi cabeza aparecen chispas, soles, un rayo y desaparece. El dolor se va y abro los ojos. Nuestros bolsos todavía siguen abiertos en un rincón de esta habitación que no tiene adornos ni vida. Alberto y el chico están del otro lado de la puerta. Desde afuera entra el canto de un grillo y, más lejano, el murmullo del mar. Con el pelo todavía húmedo dejo caer la cabeza en la almohada. Pienso en la ciudad, en lo lejos que está, lo sucia y ruidosa que es, pienso en nuestro edificio, en nuestro departamento. Y en mi escritorio, lleno de cajas y papeles que me esperan.

Cuando Alberto quiere hablar de mi problema siempre empieza diciendo "ahora que ya pasó el peligro", y después habla de la recuperación, de cómo todo va a andar bien con el tratamiento. Primero hay que resolver las cosas básicas: el nombre de mi hijo que se me va, las lagunas de mi memoria, las palabras que no me salen. Vamos a ver qué pasa. El trabajo y las otras obligaciones pueden esperar.

Esta mañana él habla de todas las cosas que podemos hacer. Estar acá es también una oportunidad para ocuparse un poco de esta casa, que estuvo tantos meses cerrada. Podríamos llamar al carpintero que hizo los muebles de la cocina y encargarle el piso de madera que yo quería para la salida al jardín y los zócalos que quedaron a medio hacer. Podríamos pedirle también que vaya diseñando una biblioteca y traer de a poco una parte de nuestros libros para acá. Alberto dice todo esto con un entusiasmo que no comparto pero que me tranquiliza. Estuvo todo este tiempo tan serio y preocupado que sus gestos eran para mí los de una persona completamente extraña. Ahora sus ojos vuelven a tener algo familiar. Le sigo la corriente. Digo que todo me parece bien y agrego detalles para el carpintero: *una filigrana, un voladizo… ménsulas, una pasarela, una mansarda.* No estoy segura de nada de lo que digo, confío en que nuestro estado de ánimo actual sea suficiente para que todo esté bien. Alberto siempre asiente con la cabeza cuando hablo, salvo ahora que se le borra la sonrisa y dice *no estás diciendo nada, amor, nada que tenga sentido. Tal vez sería mejor volver.* Otra vez en su cara el gesto de preocupación, otra vez mis pensamientos se confunden. ¿Cómo llegué hasta acá?, ¿por qué? Intento un encadenamiento lógico de hechos: conocí a Alberto, nos mudamos juntos, nos casamos, tuvimos un hijo, pedimos un crédito, construimos una casa en la playa. Nada de esto me resulta manejable, simple de entender. Estoy callada, mirando las baldosas del piso. Alberto dice que no me preocupe, que nos quedaremos un par de días más, que solo me hace falta descansar, que todo va a estar bien.

Afuera

Desayunamos los tres en silencio hasta que Alberto murmura algo sobre el pelo del chico. Dice que está muy largo y desparejo. En el centro hay una peluquería que abre por la tarde y pregunta qué me parece si lo llevamos hoy mismo. Cuando respondo que sí él ya está lavando las tazas y no entiendo si cambió de opinión, o yo tardé mucho en contestar y ya se distrajo con otro pensamiento. Me acerco al chico que está jugando con el pony de plástico, le acaricio el pelo. Alberto comenta que ese juguete era mío y que lo conservo desde mi infancia. El chico me mira como esperando que le cuente algo del pony. Decile algo del pony, pienso, decile que es un juguete que te regalaron tus papás. *El pony es un juguete*, le digo. El chico me mira esperando más. Decile algo más, me digo, inventá, no le digas que no sabés, decile que el pony se llama Arco iris o Raúl. Hablale de cómo eras cuando tenías su edad. El chico se cansa de esperar y vuelve a concentrarse en su juego solitario. El flequillo le tapa los ojos.

Sí, vayamos a la peluquería.

Después de la siesta, contesta Alberto.

Antes de las cinco ya estamos preparados para salir. No importa que llovizne: el plan es cortarle al chico el pelo, que ya le cae sobre los ojos y no le deja ver las cosas, los juguetes, la comida, los lápices de colores. El plan es ocuparnos de él. Vamos en el auto que enseguida se calienta y es lindo ir por las calles de tierra y ver la lluvia por las ventanillas. Después tomamos una calle asfaltada y empiezan los negocios, cerrados casi todos. Estacionamos en una placita. Alberto sostiene al chico a upa y caminamos hasta un bar frente a la peluquería. Me sorprende que adentro haya varias mesas ocupadas, en el camino no vimos a nadie. Atrás de la barra hay una chica que debe ser la moza. Aunque le hacemos gestos, ella mira su teléfono y no vio que entramos, ya nos sentamos y queremos pedir algo para tomar. Pasan unos minutos. *Se hace la tonta*, dice Alberto. Vuelve a levantar al chico a upa y avisa que cruzarán a la peluquería. *Andá pidiendo lo que quieras, en media hora estamos de vuelta.* Los veo por la ventana caminar bajo la lluvia y me doy cuenta de que estoy sola en un lugar público, por primera vez desde el accidente. La moza al fin me ve. Trae un menú y me explica que las cosas que no tienen precio no quedan. Leo despacio todo lo que hay, pero termino pidiendo lo mismo que está en la mesa de al lado: un tostado y una coca. Miro el precio de las dos cosas, no sé si es mucho o poco o está bien. La moza trae el pedido y enseguida vuelve a la barra para seguir mirando su teléfono. En la mesa de al lado hay una familia. Solo escucho hablar al padre, la mujer asiente en silencio y las hijas bostezan. En otra mesa una pareja toma café, callados y serios. En otra, más adelante, dos hombres toman cerveza y hablan bajito. Uno de ellos, de espaldas a mí, tiene la voz grave y carrasposa. No logro escuchar lo que dice. Afuera por un instante sale el sol y enseguida se vuelve a nublar y de nuevo llueve. Ahora el padre de la familia de la mesa de al lado llama a la moza para pagar la cuenta. La moza no responde, él grita *¿me podés venir a cobrar por favor?* Y aunque dice por favor es violento. El hombre con la voz grave se da vuelta de pronto y me mira. En la mesa de al lado la moza entrega unos billetes de vuelto y dice *qué tiempo loco.* Es cierto, el cielo otra vez se despejó y unos rayos de sol iluminan la calle mojada. El hombre de la cerveza se levantó y ahora se dirige hacia mí. Miro para abajo esperando que se desvíe en el camino y se meta en el baño o siga de largo, pero viene directo a mi mesa y me extiende la mano. Pienso un segundo qué hacer y le extiendo la mía. Me aprieta fuerte los dedos. *Qué milagro verla por acá, señora Ana,* dice. *Justamente estaba por llamar al señor Alberto a Buenos Aires por el tema de los zócalos. Estuve con problemas y no pude pasar por la casa en el verano, y después ustedes no anduvieron por acá tampoco. Qué suerte que la veo, porque no quiero que se queden con una mala impresión de mí. Solo habría que ajustar algunos costos y seguimos. ¿Ustedes?, ¿bien?*

Podría decirle que no tengo idea de lo que me habla, que me dejaron acá sola y ni siquiera tengo plata para pagar lo que estoy comiendo. En cambio, le digo que andamos bien y pregunto *¿cómo está usted?* Él me cuenta que anduvo con problemas de salud pero que ya volvió a trabajar. Yo quisiera terminar mi tostado, me quedo quieta asintiendo con la cabeza. De pronto hace un silencio hasta que dice *bueno, no la molesto más.*

Parece una despedida, pero se me queda mirando y es incómodo porque no sé qué más decirle. *Bueno*, dice él. *Mañana me doy una vuelta por su casa entonces, hasta luego, señora Ana.* Como no sé su nombre solo digo *chau, gracias.* Él repite con su voz ronca *hasta luego, señora Ana, que ande bien, señora Ana.*

Trato de ver la peluquería desde acá pero oscureció mucho y no distingo bien. ¿Por qué no fui con ellos? Dejo el último triángulo del sándwich sin tocar para que la moza no venga a cobrarme todavía. Cuando Alberto y el chico al fin llegan tengo la impresión de haberlos esperado toda la tarde, aunque solo pasaron treinta minutos.

Cosas que pasan

¡Padre, madre, hermanos! ¡Ay! / Todo en el mundo he per-dido; / en mi corazón partido / sólo amargas penas hay / ¡Padre, madre, hermanos! ¡Ay!

Por la mañana vuelvo a pronunciar palabras de otros, versos, cosas que alguna vez aprendí aunque no recuerde cuándo. Alberto ya no se sorprende, se queda abstraído en el diario, como todas las mañanas.

Hoy después del desayuno la lluvia paró. Alberto propuso abrigarnos bien y caminar hasta la playa. Pero al salir de la casa apareció en la puerta el hombre del bar. Me apretó la mano con la misma fuerza del día anterior y se puso a hablar un rato largo con Alberto. Entendí que habría que postergar el paseo. Me saqué la campera. Alberto me pidió que calentara el café que quedaba. El chico empezó a dar vueltas entre ellos y el hombre le acarició la cabeza y lo llamó campeón. Aceptó el café pero no quiso sentarse. Ahora lleva un rato parado con la taza en la mano, mirando las paredes y el techo, como si con la vista pudiera hacer un diagnóstico rápido de todo lo que falta o está mal en esta casa.

Me dijo recién el señor Alberto que estuvo hospitalizada, dice sin mirarme.

Busco a Alberto que desapareció de nuestra vista sin que me diera cuenta.

Sí, por un accidente en la cabeza, respondo.

Cosas que pasan, dice él, y deja la taza en la mesa, saca de un bolsillo un metro plegable y se pone a medir la pared del living.

Alberto aparece, todavía con la campera puesta, y avisa que va a salir hasta la ferretería del centro. Nos deja con este hombre como si fuese una niñera para el chico y para mí. Escucho el auto arrancar y alejarse por las calles de tierra. Solo espero que no se demore en volver. Me siento a la mesa a escribir palabras en el borde del diario. El hombre trabaja en silencio y el chico juega en el piso con unos autitos. Todo parece estar tranquilo. Yo quisiera escribir unos pensamientos que son así: es una tarde cualquiera en el monte y se escucha el canto de algunos pájaros. Quisiera describirlos, contar cómo esos sonidos contrastan con el silencio de la tarde calurosa, que de a poco se vuelve noche. Escribo las palabras tero, chicharra, tarde.

La voz ronca del hombre me interrumpe: *Señora Ana*, dice, *esto usted lo quería continuar con un cubreángulo al tono, ¿no?* Señala el arco que comunica la cocina con el living. Lo miro callada y él entiende enseguida que no tengo idea de lo que me habla. *No se preocupe, siga con lo suyo, no la quiero molestar.* Pero yo ya me despegué de los papeles para atenderlo y cuando vuelvo a las palabras ya no sé agregar otras.

¿Alberto le explicó lo que me pasa con la memoria?

Algo me dijo, sí. Lo siento mucho.

Me quedo en silencio. Él habla de lo importante que es no desanimarse cuando uno está con algún problema de salud. Cita a un escritor del que no recuerda el nombre y cuenta un caso similar al mío que vio en una película. Lo que dice no es interesante pero su voz tan grave hace parecer todo más profundo de lo que es. Es un largo monólogo en el que termina repitiendo que las cosas siempre pasan por algo. Después se queda pensativo y agrega *tal vez, quién sabe, el accidente sirvió para sacarle toda esa tristeza que usted tenía.*

Contusión

A veces creo que Alberto no quiere hablarme delante del chico. Hablar de mi problema, de lo que tenemos que hacer. *Pronto te van a tratar muy buenos profesionales,* dice cuando el chico no está cerca o encima de nosotros. Lo dice porque ve que no mejoro.

Me decís eso porque ves que no mejoro.

Es que es muy raro todo. Te escucho hablar dormida, y cuando estás despierta también hablás como dormida. Confundís mucho las palabras... si te preguntan algo te quedás en silencio, contestás cuando ya se cambió de tema. Es como si tuvieras la cabeza en otra parte.

Ya lo sé, y ahora veo que él sabe, que él también se da cuenta de que no mejoro.

¿Ya te acordás de cuando nació nuestro hijo? ¿Y del día en que te recibiste? ¿Y de nuestros amigos?

Me quedo en silencio porque no recuerdo nada. La voz de Alberto empieza a rebotar contra las paredes de esta casa, hace eco y lo que dice pierde sentido. Afuera el viento dobla los árboles y golpea las ventanas, así todo el tiempo. Dentro de su cabaña las vecinas estarán preparando la cena. Los perros ya se habrán echado a dormir cerca de la estufa. Esos perros que casi me devoran y resultaron tan mansitos. Una música entrecortada me ocupa la cabeza. ¿Qué es? Me produce escalofríos. Tarareo un poco y siento ganas de llorar. Alberto me mira muy serio.

¿Me estás escuchando, Ana?

Volvemos a la ciudad. Antes Alberto dejó una nota para el carpintero, apagó las estufas y cerró puertas y ventanas con llaves y candados. Vamos en silencio por la ruta. El chico duerme en el asiento de atrás. Desde mi ventanilla intento ver las estrellas entre el cielo nublado. Alberto maneja callado y serio. Trato de leer algunos carteles iluminados al costado de la ruta. Le cuento a Alberto que vi unos trapitos rojos y una cruz entre los pastos. Él dice que se suele hacer como un pequeño santuario en los lugares donde hubo un accidente y murió alguien. Le pregunto para qué, no sabe. Supone que son cosas que se hacen para señalar el lugar, para recordar al muerto, para pedir a los santos que lo cuiden.

¿Por qué no dormís, mejor?

Así estoy bien. Me gusta ir mirando el camino.

Pero el camino no tiene mucho para ver. O más bien no tiene nada. Sigo despierta porque mientras viajamos en silencio puedo recordar algunas cosas, la noche de mi último cumpleaños, por ejemplo. El vestido que tenía puesto y la flor con que me había adornado el pelo. La camisa de Alberto, la ropa nueva del chico. Ese salón lleno de gente y las luces, las copas, el baile antes del accidente. Cuando la bola espejada se me cayó en la cabeza no sentí ningún dolor. Vi las caras de todos desfigurarse alrededor y la flor que tenía en el pelo tirada en el piso, abierta en una decena de pétalos. Las piernas dejaron de sostenerme. Desde el suelo vi rebotar la bola de espejos y sentí en ese instante cómo todos mis pensamientos se rompían en millones de partes. Lo que vino después fue una oscuridad fresca sin pensamientos, que me arrastró como una ola que retrocede, que vuelve al fondo del océano.

Miro otra vez por la ventanilla buscando la luna, alguna estrella.

SEGUNDA PARTE

Reliquias familiares

Sueño que escribo con tiza en una pizarra:

Es un día sel sol. Los niños de lx casa prkctiiiiccnn solfeo cn ssus maeyaggf djsitttr rrrrrrrr. Son niñss buxns chin Mariii no eschh van a bsdraaakkk. Praa fellr el instrmmnnt ex trmbn atormnx nonnn akkaaaaaa.

Acostada, con los ojos cerrados, veo las palabras. Las primeras aparecen enteras pero enseguida empiezan a descomponerse, se cortan o se alargan hasta volverse ilegibles. Forman párrafos de los que no puedo rescatar nada. Doy vueltas entre las sábanas tratando de despertarme. Cuando abro los ojos mi mamá y mi marido me miran desde el borde de la cama.

Hija, estás hablando dormida. ¿Te sentís bien?

¿Qué hora es?

Es tarde. Nos quedamos charlando con Alberto después de cenar y escuchamos que te quejabas.

No me quejaba, trataba de leer en un sueño.

Ana, tu mamá me decía que necesita unos papeles de tu escritorio.

No hay apuro, vengo en otro momento, ahora que descanse. Ya me pido un taxi para ir a casa. Se hizo tardísimo. Hija, qué lástima que no quisiste tocar la cena.

¿Qué papeles?

Unas fotos, unas cartas y otras cosas que te prestó tu tía Sonia. Me pidió si ya se las podía llevar de vuelta. Eran cosas de sus abuelos, ¿viste? No me animé a meterme en tu escritorio. Además con todo lo que hay ahí sería buscar una aguja en un pajar. Después me las das.

¿La tía Sonia cuál es?

¡La tía Sonia, hija! La hermana de tu papá, ¡por Dios! Alberto, ¿a qué taxi me conviene llamar a esta hora?

Rapitax funciona bastante bien.

¿Por qué tengo yo las cartas esas?

Por lo del libro, Ana.

¿Rapitax se escribe todo junto? ¿Vos lo tenés, Alberto? No lo encuentro en mis contactos.

Yo te lo pido.

Todavía no terminé el libro. No las puedo devolver.

Alberto sale de la habitación para llamar al taxi. Mi mamá se sienta en la cama a mi lado y me acaricia una pierna por arriba de la sábana.

Hija, ¿pensás seguir con eso? No me parece que sea el momento para semejantes esfuerzos.

Siento que el estómago se me revuelve. Me levanto de la cama en remera y bombacha.

Creo que estoy descompuesta.

Mi mamá se ofrece a acompañarme al baño.

No hace falta, puedo sola.

Me siento en el inodoro y un rato después golpea la puerta.

¿Estás bien?

Sí.

Bueno, llegó el taxi, me voy. Cualquier cosa me llaman. Y cuando puedas buscamos esas cosas de tu tía. Pensá que son recuerdos que tus abuelos guardaban de sus abuelos. Reliquias familiares. Tratá de descansar. Mañana hablamos.

Cuando salgo del baño mi mamá ya se fue. Alberto lee en la cama, yo me acuesto a su lado.

¿Te sentís mejor?

Un poco descompuesta.

¿Por eso no quisiste cenar?

No quiero que nadie se meta en mi escritorio sin mi permiso.

Pero en algún momento vas a tener que decidir qué hacés con todos esos papeles.

Los necesito para el libro.

Alberto deja a un costado lo que estaba leyendo y resopla. Dice que la mayor parte de los documentos que junté no me sirvieron para nada. Que ya no sabe la cantidad de cajas que llegaron de bibliotecas y museos de La Plata, el Chaco y decenas de pueblitos del interior de Buenos Aires. Diarios y papeles viejos que están ahí juntando ácaros. Que me gasté el adelanto de la editorial en pagarle al correo. Y todo se puso más insufrible todavía cuando mi familia quiso colaborar y empezaron a mandarme cosas de sus antepasados: fotos, cartas, recortes de diarios, escrituras, recibos de sueldo, recibos de impuestos. Alberto se sienta en la cama y su voz se vuelve más potente. Programas de conciertos, manuscritos con intentos literarios, cédulas de identidad. Diplomas, partituras, cuadernos escolares, postales. Registros de conducir, tarjetas personales. Libretas de enrolamiento. Libretas de matrimonio. Partidas de nacimiento, de defunción y quién sabe cuántas cosas más. Por ocuparme de esos papeles nunca podía sentarme a escribir, dice, y además dejé de interesarme por la casa y por mi trabajo en la facultad. Me pasaba el día dando vueltas con todas esas hojas, clasificándolas y volviéndolas a desordenar. Encima empecé a dar vueltas y vueltas, obsesionándome con lo que iba a pensar mi familia cuando leyera el libro, con esa expectativa equivocada que tenían. Lo que ellos esperaban era un elogio, un homenaje al tatarabuelo, una historia de la familia. Me fui poniendo sombría, dice Alberto, distante con todos, encerrada en mis pensamientos. *Tu entusiasmo del principio se volvió un martirio.*

Los músicos

Ahora corré las frazadas. Bajá las piernas al piso. Levantate despacio. Salí de la pieza y caminá por el pasillo hasta el baño. Todas las mañanas me doy instrucciones para salir de la cama. Antes me quedo un rato acostada, pensando en nada, oyendo la respiración de Alberto. Hoy Alberto no está, habla por teléfono del otro lado de la puerta. Lo escucho sin abrir los ojos.

No, no, no cambió mucho. No, peor. Las imágenes que usted tiene son las últimas, sí. Las resonancias lo mismo, bien... Le cuesta, sí... La voy a llevar yo. Anoto... Perfecto, mañana vamos a estar ahí. Gracias, sí. Gracias.

En el desayuno me cuenta que un médico neuropsiquiatra estuvo viendo mis estudios y que a partir de mañana voy a empezar un tratamiento que recomendó. Será largo pero para nada violento ni complicado. Voy a asistir a unas reuniones grupales en un centro de recuperación. Ya me indicarán los detalles. Él me va a acompañar a la mañana y me va a dejar ahí, después un taxi me traerá de vuelta. A todo digo que bueno, que sí. Mónica retira las tazas, dobla el mantel y pasa el repasador por la mesa. ¿Por qué no espera a que terminemos para hacer eso? Todo el tiempo está en el medio con ese trapito en la mano. Alberto sigue hablando.

Los síntomas son compatibles con lo que se conoce como amnesia retrógrada. Pero en los nuevos estudios no hay nada, nada de nada.

Mónica se detiene en una mancha, refriega el trapo sobre algo que parece mermelada pegoteada. Alberto antes de irse dice que confía en que van a encontrar cuál es el problema, que mañana nos esperan temprano.

Mónica despierta al chico, lo viste y le sirve la leche. Él me mira por encima del vaso, como siempre. Yo sigo inmóvil sentada en el mismo lugar desde el desayuno porque no sé qué hacer ni dónde ponerme.

¿Por qué no va a descansar, señora Ana?

Acabo de levantarme, Mónica.

Voy al escritorio, me encierro con el polvo, las cajas, los cuadernos y los papeles viejos. Hago la prueba de leer lo primero que aparece y me alegro porque hoy puedo terminar frases enteras, aunque sea muy despacio. Tal vez, como anoche dormí mucho, mi cabeza pudo recuperarse un poco. En una hoja amarillenta leo:

1 Flautín en Re b

2 Flautas en Do

6 Clarinetes en Si b

2 Clarinetes contraltos en Mi b

4 Cornos en Mi b

3 Cornetas en Si b

2 Trombas en Mi b

2 Trombones Tenores

1 Floricornio en Mi b

1 Juego de 3 Timbales

1 Tambor

1 Par de Platillos

Imagino a los músicos de esa formación. Los veo atravesando el pasto quemado, sofocados bajo el uniforme, cargando cada uno su instrumento. Murmuran cosas inentendibles, atontados por el calor. *No puedo seguir*, dice uno de los trombones. *No me afloje ahora, m'hijo, ¿o se quiere quedar acá a que se lo coman los salvajes?*, dice el que lleva sable y batuta, el director de la banda, mi tatarabuelo.

Golpean la puerta de mi escritorio. Ya es casi de noche. Alberto me saluda en el pasillo con un beso.

¿Estuviste ahí encerrada todo el día?

Pude leer una lista entera de instrumentos, muy larga. Y después estuve imaginando a los músicos del ejército.

Me trabo cuando trato de explicarle la escena.

Él sugiere que no haga más esfuerzos por hoy y que cenemos temprano, porque mañana empieza el tratamiento y habrá que madrugar.

El tratamiento

Es una ronda de pacientes sentados en sillas de plástico. El neuropsiquiatra que coordina la reunión parece más un pediatra o un animador de fiestas infantiles. Antes de traerme, Alberto me leyó en su teléfono que la neuropsiquiatría trabaja sobre los trastornos del sistema nervioso, incluyendo los trastornos psiquiátricos como la depresión, la manía, la alteración de la personalidad y otros fenómenos como la amnesia.

Todos los pacientes tienen que presentarse y decir algo de ellos mismos cuando llegan al grupo. Como hoy llegué yo me toca hablar a mí.

Yo escribo un libro.

El médico dice que eso es muy, muy interesante y me pregunta de qué se trata el libro. *De la conquista del Chaco, hace cien años o más.* Y mientras hablo pienso que qué mal hago al hablar de esto con gente que no conozco ni le interesa. Uno hace movimientos espásticos con la cabeza, una señora se queda dormida y se despierta de golpe cada diez segundos, otro mira el piso y se retuerce las manos. Otro ni siquiera parece estar en este mundo.

El que mira el piso y se retuerce las manos le pregunta al médico por qué yo hablo así. El médico contesta que yo estoy en tratamiento para recuperarme, como todos ellos, y nos propone un ejercicio que consiste en hablar de un personaje famoso. Nadie le responde. La mujer que se queda dormida se llama Marta. Lo sé porque el médico la llama, *Marta, Marta*, y ella se despierta. *¿Podrías hablarnos de un personaje famoso?* Marta dice que sí y empieza a hablar pausado, respirando profundo entre las frases. Pero no habla de nadie famoso. Dice que a ella le gustan las flores. Que en su casa llena todo de flores, de geranios, de gladiolos, de azucenas, crisantemos. El médico le pregunta en qué lugar de la casa pone las flores, y ella responde en la pieza, en el living, en la cocina. Yo interrumpo para preguntar cuál es el personaje famoso del que está hablando y el médico dice que mi comentario está muy bien, y que les cuente yo acerca de un personaje famoso. Pienso, no se me ocurre ninguno, no recuerdo personajes famosos. Hablo de mi tatarabuelo, un músico militar que dirigió la banda del ejército en la campaña del Chaco. El hombre de los movimientos espásticos dice que hace un momento ya hablé de lo mismo, el médico me pide que siga. Empiezo a contarles mis sueños en el hospital, la banda de músicos militares y la nena que los dirigía. El espástico vuelve a interrumpir, *vamos, querida, no tenemos todo el día.* El médico le advierte que si sigue siendo tan descortés conmigo nos vamos a ir todos tristes. Se hace un silencio. Todos me miran, yo no bajo la cabeza. El médico me sonríe. Marta se despierta y vuelve a decir algo sobre las flores. A los demás no parece llamarles la atención. El que se retuerce las manos me pregunta si alguna vez conocí a alguien famoso. Me quedo un rato callada y después digo que no sé, que no creo.

La sesión continúa. Yo sigo sentada esperando que todo esto termine y cruzar la puerta de salida. Salir de acá y caminar muchas cuadras. Caminar rápido, aunque los pies se me lastimen. Olvidar que vine, que esta mañana existió y olvidar a estas personas.

Rayo de luz

Al volver del centro de recuperación me acuesto un rato hasta que Mónica trae al chico del jardín. Miro el techo sin pensar en nada. Después imagino que llego a la galería de la calle Brasil y encuentro al vendedor. Lo enfrento con cualquier excusa, que el rizador ya no funciona o que quiero comprar otro aparato. Eso no importa. Nos miramos. Él entiende todo aunque no se lo diga, cómo me siento y lo que me pasa. Él sabe qué hacer. Me acaricia los hombros y me besa la frente. Con él no tengo miedo de hablar, de pronunciar palabras que no suenen a nada o que no sean las que quise decir. Yo no sé su nombre y él no sabe el mío. No hace falta, me hundo en su pecho. Quedamos enredados, recostados, besándonos y hablando entre susurros.

Cuando Mónica y el chico vuelven todo desaparece.

Los escucho llegar, primero el ruido de las llaves, los pasos del chico corriendo a la cocina, la voz de Mónica diciendo *andá a saludar a tu mamá*. Entonces el chico camina despacio a mi habitación, entra tímido y yo le hago un gesto para que se suba a la cama. Y nos quedamos los dos recostados un rato, mirando las partículas brillantes de polvo en el rayo de luz que se filtra por el postigo. Hasta que Mónica nos llama a almorzar.

Las preguntas

Llegamos unos minutos antes de la sesión. Delante del médico Alberto me despidió con un beso en la frente. Yo pasé directamente al baño, me miré al espejo, me mojé la cara y la nuca. Cuando salí todos me estaban esperando. Otra vez estoy sentada en esta ronda, reunida con estas personas trastornadas, contestando preguntas escolares. Lo que hicimos el fin de semana, nuestras comidas favoritas, los países que nos gustaría conocer. A esta hora Mónica estará en casa planchando y mirando el televisor de la cocina. Lo pone tan fuerte a veces que pareciera una persona sorda. Después va a ir a buscar al chico al jardín y a comprar las cosas para el almuerzo. Mónica sabe hacer muchas cosas con papas: tortilla, papas fritas, puré. Ayer dijo que el puré es bueno porque significa hogar.

¿Es así, Ana?, pregunta el médico. Todos están callados y me miran. Asiento con la cabeza sin saber qué es lo que es así. El médico anota. *No sé, en realidad no sé*, digo. Y pido pasar al baño otra vez. En el baño vuelvo a mirarme al espejo, a mojarme la nuca, a lavarme la cara. Una asistente de la clínica entra a preguntar si me siento bien y entiendo que tengo que

volver a la ronda. *Entonces, Ana, ¿tenés alguna receta o algo que nos quieras compartir?*, pregunta el médico cuando me siento. *Yo escribía un libro*, digo. *Pura mierda*, dice el espástico. El médico le recuerda que la norma principal del grupo es dialogar sin agresiones ni insultos. Marta, la señora que se duerme, pregunta cómo se me ocurrió la historia del libro. Le cuento de mi pariente militar, mi tatarabuelo músico que participó en la campaña del Chaco como director de banda, mientras arrasaban las tribus guaicurúes. El espástico dice que eso fue en Malvinas. *No*, le responde el médico, *eso que ella cuenta fue cien años antes. Pero ella no había nacido*, dice el que se retuerce las manos en voz muy baja. *Por supuesto que no había nacido*, dice el médico. Y todos volvemos a quedar en silencio. El médico propone que me sigan haciendo preguntas porque eso es bueno para conocerme un poco más.

¿Cuántos pisos tiene su edificio?, pregunta Marta.

Yo me quedo en silencio, espero a que el médico diga que esa pregunta no sirve, o algo así. Pero, por el contrario, él y todos me miran expectantes.

No sé, no los conté... diez o doce, digo.

¡Esos son muchos pisos!, responde Marta.

Es verdad, Marta, son muchos, sonríe el médico.

Después nos propone una actividad. En unas revistas que reparte tenemos que subrayar las notas que nos parezcan más interesantes y señalar las palabras que nos llamen la atención. En la mía subrayo el título "El placer de viajar". Remarco las palabras avión, aventura y amenities porque empiezan con A. Cuando terminamos ya no queda tiempo para hacer nada más. El médico pide que devolvamos las revistas y las biromes antes de irnos. Marta y el espástico se las estaban llevando.

El Tren Mixto

Esta mañana no voy a poder acompañarte, dice Alberto. *Vas a esperar a que el taxi te venga a buscar, le vas a indicar la dirección del centro médico, te la dejo acá anotada, y cuando llegues vas a pagarle lo que marque el reloj.*

Consigo leer de corrido la dirección en el papel. Mientras termina de vestirse me explica que tiene una reunión muy importante, y que si no fuera por lo bien que están saliendo mis estudios no habría considerado dejarme viajar sola. Es momento de que vuelva, de a poco, a hacer mis cosas. No hay razones médicas que me lo impidan. Me deja unos cuantos billetes sobre la mesa de luz, me besa en la cabeza, dice que voy a estar bien y se va.

Todavía en la cama bajo las frazadas hago el cálculo de cuánto tiempo tengo para salir. Una hora, tal vez un poco más. Intento volver a dormir un rato, no puedo, pienso frases, lo que le voy a decir al taxista, lo que les diré después a las personas del grupo. Pienso en cada una de las palabras que voy a usar.

Afuera escucho a Mónica hacer sus primeras tareas del día.

Me levanto y me saco el camisón. El corpiño está

en el primer cajón del ropero y las medias en el segundo. Tengo el pantalón tendido en una silla, busco entre las perchas una camisa y mis zapatillas al costado de la cama. Cuando salgo de la habitación confundo la dirección del baño y aparezco en la cocina. Mónica me saluda y me ofrece un café. *Estoy un poco dormida, Mónica.*

A la hora que dijo Alberto el taxista toca el timbre. Tengo todo, los documentos, los billetes, la campera puesta. Pero dentro del taxi me doy cuenta de que dejé el papelito con la dirección arriba de la cama y le pido que por favor me lleve a Constitución, a una galería que queda por detrás de la estación, en la calle Brasil.

En la entrada de la galería un perro muy sucio bosteza. El sol entra apenas. Parada acá no reconozco nada, pocos negocios están abiertos, y me pregunto si no me habré equivocado de lugar. Camino mirando cada uno de los locales. Hay uno cerrado que podría ser el del rizador, pero no estoy segura. Llego hasta el fondo oscuro de la galería donde duerme un hombre tapado con cartones. No lo veo hasta que tropiezo con él. En un solo impulso doy la vuelta y regreso a la entrada de la galería lo más rápido que puedo. Me detengo en la vereda, respiro, pienso en qué dirección debería caminar para conseguir otro taxi. El perro sigue ahí echado, una nena con el mismo aspecto de abandono le acaricia la cabeza. Ve que la miro. Me muestra una bolsa de nylon de la que saca un paquete de pañuelitos de papel. *¿Me compra?*, dice. Busco entre los billetes en el bolsillo de la campera y saco uno de quinientos, *¿así está bien?* La nena agarra la plata y se aleja caminando. El perro se para, sacude la cabeza y la sigue. Los veo cruzar la calle en dirección a la estación de trenes y cruzo detrás de ellos. Caminan por el enorme hall de la estación Constitución. Yo los sigo unos metros atrás. El sol entra partido por las ventanas del techo. A cada paso pienso que los voy a perder de vista pero vuelven a aparecer. Las personas acá adentro se mueven como en un oleaje que renace todo el tiempo. Allá va el perro y la nena más adelante. ¿Adónde van? Se detienen entre un diariero y un vendedor de facturas. La nena cuenta unos billetes y acaricia la cabeza del perro. Me acerco. Digo que quiero hablarle. Ella me mira callada. *¿Adónde podemos ir?*, pregunto. No responde.

¿Querés comer algo?

Bueno

La agarro de la mano, la llevo hasta la calle y busco un bar donde podamos sentarnos. Entramos a una pizzería frente a la estación y el perro se queda en la puerta. Pido una pizza grande y dos cocas, aunque es temprano para el almuerzo me doy cuenta de que las dos tenemos hambre. La nena come dando grandes mordiscones y yo también, dejo los cubiertos a un lado y cubro el borde de la porción con papel para no mancharme tanto. Ella enseguida se ensucia las dos manitos y la boca con salsa de tomate. Le doy una servilleta para que se limpie, pero lo único que consigue es desparramarse más el enchastre.

¿Dónde naciste?

Ella se queda callada, creo que no me entiende. A cada rato mira al perro en la vereda.

¿Vivís por acá?

En un lugar.

¿Con quiénes vivís, con tus papás?

…

¿Quiénes te cuidan?

…

¿Cuántos años tenés?

Siete

¿No vas al colegio?

Ahora no.

¿Sabés leer?

Algunas cosas. "Tren mic-to". Dice señalando un letrero en una de las paredes de la pizzería.

Yo también intento juntar las letras de la pared, pero ahora me cuesta muchísimo.

¿Vos entendés lo que digo?

¿Cómo?

Si cuando yo hablo se entiende.

Todo no.

Yo tuve un accidente y ahora, a veces, me equivoco. Me parece que no sé cómo volver a mi casa.

¿Puedo agarrar otra pizza?

Sí.

¿Puedo llevarle una a Toto?

¿Quién es Toto?

Mi perro.

La nena se levanta con media porción de pizza en la boca y otra entera en la mano, me dice chau y se va.

En la mesa de al lado un hombre que toma vino me mira. Tiene los ojos enrojecidos y parece decirme con la mirada estás perdida, no sabés dónde estás. Yo le respondo con los pensamientos que sí sé; saliendo de acá y cruzando la calle está la estación de tren y bajando unas escaleras puedo tomar un subte. Pero no sabés qué subte tomar ni dónde bajar, dice él con sus ojos. Y yo bajo la mirada porque es cierto.

No le conté a nadie mi viaje a Constitución, ni lo difícil que fue volver a casa. Cómo después de pagarle al mozo y cruzar a la estación bajé las escaleras y caminé por los pasillos esquivando una marea de gente apurada. Ni que me quedé parada sin saber qué subte tomar ni cómo conseguir la tarjeta para pasar el molinete. Un hombre se detuvo y me hizo pasar con su tarjeta. Cuando me preguntó adónde iba, todas las casas en las que viví pasaron por mi memoria como en una película acelerada, descolorida.

¿Cómo se llama la calle en que vive?, preguntó.

Bonifacio, pude decir.

Eso es por la zona de Flores o Caballito, tome este y haga combinación con la línea A en Avenida de Mayo para el lado de San Pedrito. No puedo acompañarla, pregunte a un policía si se pierde.

Viajé como me indicó, leyendo los carteles con dificultad, pero una vez que estuve en el subte A no supe en qué estación bajar. Bajé en Puan porque era la que más me sonaba, y en la salida del subte pregunté a una señora por la calle Bonifacio. Tuve que repetir la pregunta dos o tres veces porque no entendía, finalmente me indicó caminar derecho por Puan unas cinco cuadras hasta llegar a Bonifacio. Fui leyendo letra por letra los carteles de la calle, tratando de reconocer los negocios y las casas. En Bonifacio no supe si doblar a la derecha o a la izquierda. Quedé parada, y un rato después apareció la mujer que vimos con Mónica hace un tiempo en la plaza. La vecina del tercero.

¡Hola, Ana!

¡Hola!, respondí y caminamos juntas hasta llegar a nuestro edificio.

Me preguntó si estaba bien, habló de nuestros hijos, de lo grandes que están, preguntó por Alberto. Yo no pude responderle nada. Sentía los músculos acalorados, la vista nublada. En el ascensor le pedí que marcara el piso de mi casa. El tiempo ahí adentro se hizo interminable. Cuando Mónica abrió la puerta del departamento vine directo a mi habitación y me derrumbé en la cama.

La amiga

Unos días antes de viajar a la casa de la costa una amiga me llamó. Pensaba venir a visitarme, pero esa tarde llovía muy fuerte y se arrepintió. Me incomodó hablar por teléfono, aunque casi no hizo falta que yo dijera nada. Después de preguntarme cómo me sentía se largó a hablar sin parar. Reconocí bien su voz, aunque su cara no la pude imaginar. Me explicó todo respecto a mi trabajo en la facultad, las riñas políticas, lo que pasaba en mi ausencia. Nada de eso me afectó. A cada cosa que ella me contaba yo decía muchas gracias. Habló de un congreso en Mendoza al que vamos casi todos los años. Mencionó personas con nombres y apellidos, y títulos de libros. Habló de su ponencia y me preguntó por la mía.

Yo estoy escribiendo un libro y no voy a poder ir, dije.

Pensé que lo habías dejado, dijo ella, y siguió contándome de qué se trataba su conferencia de este año. Se titularía "¿El arte político tiene todavía porvenir?", y después de explicarme las ideas principales me pidió permiso para leerme las primeras páginas. En algún momento le pasé el teléfono a Mónica y me acurruqué en el sillón. Y mientras me quedaba dormida, escribí mentalmente una carta para el vendedor de la calle Brasil que hablaba de sus manos, de mi herida, de los nombres de las cosas y de su voz. Mónica escuchó a mi amiga todo lo que pudo, después se disculpó y le pidió que llamara en otro momento.

Esa misma amiga llamó hoy para venir a visitarme. Alberto me lo avisó esta mañana antes de dejarme en el centro de recuperación. Yo no quiero verla, pensé. Lo único que quiero cuando llego a casa es meterme en el escritorio y recordar las cosas que pensaba escribir antes del accidente. Anotar palabras en un papel. Hoy consigo combinar las palabras, consigo armar frases enteras, y si alguna no me gusta la tacho y la cambio por otra. Esta tarde escribí:

~~"Mi perro se llama Toto, cazamos cuises con él para la cena".~~

"Al monte quiero ir, de donde nunca ~~me~~ tendrían que haberme sacado".

"Era la tarde y la aurora en los pajonales".

Mónica golpea la puerta de mi escritorio para avisar que mi amiga ya llegó y espera en el living. Yo dejo los papeles y me acerco despacio.

¡Ana querida!, dice ella. Es una mujer de mi edad, de pelo enrulado, alta, de cuerpo delgado, y sonríe mucho.

Querida, no sabés cómo te extrañé.

Yo también, digo mecánicamente.

Algo en su cara me es familiar, tal vez los ojos o la sonrisa. Pero si junto todo: ojos, boca, pelo, nariz, no consigo reconocerla. Ella dice que me ve muy bien y pregunta si me cambié el peinado. *Se me cambió solo*, respondo. Ella tiene la sonrisa clavada.

¿Y cómo estás?, pregunta.

Debería ser sincera y explicarle como pueda que no voy a poder mantener esta conversación. En cambio, escucho mi voz diciendo que por suerte no tengo lesiones cerebrales. *Eso es buenísimo*, dice. Cuenta que la noche de la fiesta, cuando me llevó la ambulancia, todos se quedaron estupefactos. Que pasó todo en un instante, la música, las risas, y de pronto todo se dio vuelta. Ella no vio caer la bola de vidrio, solo escuchó un golpe y vio mi cuerpo desparramado en la pista de baile. *Parecía un mal sueño*, dice. Las dos nos quedamos en silencio, creo que recordando lo mismo, aunque de forma diferente. Ella pregunta de pronto:

No estás abriendo los mails, ¿no?

No, es que estoy muy ocupada.

Vos sabés que lo último que me interesa en este mundo son los puteríos de la facultad. Pero tu cátedra, nena, es un nido de víboras. Sé que Alberto ya presentó los papeles para tu licencia. Igual, Ana, tal vez convendría que te acercaras a alguna de las reuniones. Si te sentís bien, claro.

Mientras habla sus gestos se van endureciendo, sus cejas se levantan cuando termina cada oración. Durante los últimos momentos de su charla vinieron a mi cabeza unos versos y siento la necesidad de decirlos en voz alta para poder escucharlos:

Era la tarde, y la hora, en que el sol la cresta dora, de los Andes. El Desierto, inconmensurable, abierto, y misterioso a sus pies, se extiende; triste el semblante, solitario y taciturno, como el mar...

Ella me mira pensativa. Después dice como recitando:

Triste el semblante, solitario y taciturno como el mar, cuando un instante, el crepúsculo nocturno, pone rienda a su altivez.

Me mira sonriente, pareciera estar esperando otro verso como si fuera un acertijo, un juego.

No es un poema mío, ¿verdad?

¿Cómo un poema tuyo?

¿No es mío?

Es La cautiva. *Es Echeverría.*

Mónica nos trae un té con galletitas. Lo tomamos en silencio. Ella dando pequeños sorbos, yo casi de un trago.

Quisiera volver a mi escritorio y seguir trabajando.

Mi amiga baja despacio la taza desde su boca hasta el platito apoyado en la mesa.

¿Ana, querés que me vaya?

Sí. Por favor.

Ella se levanta, pide a Mónica su abrigo y se despide. Yo vuelvo a mi escritorio y cierro la puerta. La luz de la tarde que entraba antes por la ventana ya se fue y todo quedó en penumbras. Enciendo la lámpara y me concentro en el papel que dejé hace un rato. Escribo:

"Nido de víboras".

Pero después lo tacho. Me quedo escribiendo hasta tarde.

"Fuego en los pajonales, cuerpos desparramados a la hora en que el sol la cresta".

Las cajas

Esta tarde llegó el correo con un paquete a mi nombre. Mónica atendió el timbre. *Es para usted*, dijo, *tiene que bajar a firmar*. En la puerta de entrada un muchacho vestido de violeta me entregó una caja de cartón cerrada con cinta adhesiva y me señaló en una planilla una crucecita dibujada. *Tiene que poner su nombre*, dijo. Con su birome escribí Ana y volví al departamento con el paquete.

Lo apoyé en la mesa del living. Ahora lo miro y lo miro tratando de adivinar qué puede tener adentro.

¿No quiere algo para cortarle la cinta?

Bueno.

Mónica trae una tijera de la cocina, ella misma abre la caja y me la da. Adentro hay un sobre lleno de postales que parecen pintadas a mano. Muestran grupos de indios posando como guerreros enojados con lanzas, arcos y flechas. En otras postales aparecen familias de indios, adultos y niños mirando a la cámara en actitud de sumisión. Me quedo observando los gestos de esa gente en las postales, son poses forzadas y la mirada de todos está perdida, los ojos como vacíos. Al dorso de algunas puede leerse muy borroso "Rdo. del Chaco, República Argentina".

¿Y esto cuando lo encargó?, pregunta Mónica.

No sé.

Tiene que haber sido antes del accidente. Es increíble lo que puede demorarse el correo.

Dice también que si van a seguir llegando cajas con más razón hay que hacer lugar en el escritorio. Ella suponía que los últimos correos ya habían llegado. Por lo visto no fue así.

En el paquete encuentro también una revista de archivos fotográficos. Le pido a Mónica que me lea la contratapa.

Estas imágenes pertenecen a la colección Registro Gráfico. Se trata de reproducciones de las primeras postales fotográficas argentinas del siglo XX. Las postales de indios se inscriben en el universo de las postales etnográficas o exóticas: elaboran un estereotipo inmerso en una naturaleza indómita, alejada del contacto cultural y de la modernidad.

Pregunto qué quiere decir indómita. Mónica dice que no recuerda, que lo podría buscar pero que no quiere atrasarse con la montaña de ropa que hay para planchar. Le pido que antes me ayude a encontrarle lugar a estos papeles nuevos, y nos metemos en mi escritorio.

¿Ve lo que le digo? Acá está todo patas para arriba, como si hubiese habido una guerra. Todas estas cajas que están sin guardar todavía no las revisó, creo que solo aquellas apiladas contra la pared están etiquetadas.

Podemos revisarlas ahora.

Es que tengo el planchado todavía, mire la hora que es.

No quiero tirar nada. Quiero seguir lo que estaba haciendo.

Esta es una habitación grande, linda, es una pena tenerla así.

Sí.

Si usted me dice qué cosas no sirven, en los próximos días me ocupo de todo.

Lo que pasa es que tengo que terminar el libro. ¿Podés ayudarme a hacer eso?

¿A hacer qué?

A escribir el libro.

Como diga usted, señora Ana. Pero otro día, ahora ya me tengo que ir.

Hablar

Hablar para sanar, dice el médico coordinador. Otra vez es mi turno en la ronda de pacientes. No sé por dónde empezar. Miro a estas personas sentadas siempre en el mismo lugar. El coordinador propone temas de conversación que muchas veces fallan, como hoy que nadie entiende la consigna. Pidió que habláramos sobre las cosas que nos gustaría incorporar a nuestras vidas. No debíamos pensar solo en cosas materiales, sino relacionadas con los afectos y los anhelos. Ninguno supo bien qué decir. Ahora es mi turno.

Soy la más joven de este grupo, aunque la edad no se nota mucho acá. Son todos muy distintos. Marta es rolliza, usa ropa con estampados fuertes, tiene el pelo teñido de anaranjado y los labios pintados de rosa, rojo o fucsia según el día. El espástico andará por los cincuenta y pico, hoy supe que se llama Álvaro. Es flaco, de rasgos puntiagudos, siempre nervioso. Tiene los ojos muy redondos y celestes, y cuando le vienen los espasmos le brillan mucho. El que se retuerce las manos tendrá más de setenta y se llama Gregorio. Es un hombre muy morocho, de boca y nariz grandes, de pelo entrecano y ojos negros, hundidos, la mirada triste y cansada. Su cara se parece a los retratos de indios de mis postales. Más lo miro y más parecido se me hace. El otro se llama Lucas, por momentos parece un chico aunque los surcos en su cara son de alguien mayor. Es el más perdido de nosotros, casi no habla, tampoco se lo exigen. A veces se babea y una enfermera viene a limpiarle la cara, a veces se ríe por algún pensamiento que tuvo, una linda risa, casi siempre deja caer la cabeza sobre un hombro y mira el techo toda la sesión. Lucas usa ropa deportiva, el pelo prolijo hacia un costado. Imagino que tiene una madre anciana que lo viste y lo peina.

Dice el médico que si necesito un tiempo para pensar qué decir puede seguir otro, y mira al hombre que se retuerce las manos.

Hace mucho que Gregorio no nos cuenta nada, ¿verdad, Gregorio?

Él no contesta, sonríe tímido y mira para abajo. El médico insiste.

Podría ser alguna de esas historias que antes nos contaba.

Ahora no. Otro día puede ser. Que hable ella mejor, dice y me señala.

Me acomodo en la silla y hablo de mi tatarabuelo militar, la nena toba y la historia de mi libro. Todos parecen hartarse rápido, pero después, como no hay otra cosa que hacer, se acomodan en las sillas para escucharme. Me esfuerzo mucho por ordenar los hechos, contar cosas con sentido. A veces me ayudo con las manos, no son gestos precisos, moverlas me da impulso para terminar las frases. No sé cómo, de pronto, estoy hablando desenvuelta. Armo oraciones largas y puedo ordenar lo que cuento. Todos me miran, están atentos. Me desconcentro. ¿Qué estaba diciendo? Me tomo un momento. Miro las baldosas del piso, una blanca, una negra, una blanca. Hablo por dentro y vuelvo a arrancar. Gregorio, el hombre que se retuerce las manos, me interrumpe. ¿Qué dirá? Habla tan bajito, su voz suena hueca, las palabras son como vibraciones cortadas. Entiendo que me pregunta algo, algo así como ¿por qué no vas?, ¿por qué Jonás?

¿Por qué llorás?

Me toco la cara, estoy empapada de lágrimas. También el cuello y el escote.

¿Cuánto tiempo hablé?, pregunto al médico coordinador. *¿Cuántas palabras dije?*

Pocas, contesta, *pero muy interesantes.*

El sueño

A la tarde tuve un sueño. Todo lo veía por primera vez. Todo me sorprendía: un mantel, unos cubiertos, un pájaro enjaulado. En otra habitación sonaba un piano. Tenía los pies metidos en unos botines acordonados. No reconocía el vestido que llevaba puesto ni reconocía mis manos, que eran muy morochas. Mónica me despertó, había preparado la leche del chico y un té para mí.

Nos sentamos los tres a la mesa de la cocina. Para elogiarla digo que el té está muy rico, aunque no le siento gusto a nada. Ella está concentrada en el chico, limpia la leche que le queda de bigote y unta tostadas con manteca. Miro mis manos sosteniendo la taza, tan blancas y pálidas, asomando en los puños del pulóver oscuro que tengo puesto. *Tuve un sueño muy raro*, digo y empiezo a contárselo a Mónica. Ella deja el cuchillo en el plato y me mira a los ojos, pregunta si me siento bien. *Sí, bien*, respondo y vuelvo al relato del sueño porque todavía lo tengo muy vívido en la cabeza y no lo quiero perder. Mónica me sigue mirando muy seria.

¿Qué le pasa?

¿Por qué?

Dígame cualquier cosa. Qué le gusta comer, qué hizo hoy. Hoy estuve en el centro de recuperación. Después, a la tarde, tuve un sueño...

Todo lo que digo la asusta. El chico pide más tostadas con la boca enchastrada de leche. Mónica no le hace caso. Sale de la cocina y llama a Alberto desde su celular.

No puedo escuchar todo lo que dice, pero es obvio que algo no anda bien. *Como si hablara otro idioma, no se le entiende nada.*

El chico se pone a llorar. Termino de untarle la tostada que quedó en el plato y se la doy. Al fin se calla. Voy al living a buscar a Mónica

Mónica, yo me siento bien.

Ella me mira con el teléfono en la mano. *¡Ahora habla normal!* Me ordena que diga otra cosa.

Estoy bien, digo, *estén tranquilos.*

Y ella al teléfono: *Sí, sí, normal, ahora normal... no sé, ¡normal! Sí.*

Según Mónica desperté de la siesta hablando *completamente en otro idioma.* Alberto volvió a casa más temprano y no dejó de mirarme desde que llegó. Dice que llamó a la clínica y que no hace falta ir a la guardia, que mañana seguro habrá que hacer una nueva tomografía. Durante la cena sigue tan atento a todos mis gestos que casi no come.

Antes de dormir me hace prometer que si llego a sentirme mal lo voy a despertar. *Ahora tratemos de descansar, hasta mañana*, dice y apaga la lámpara.

En la oscuridad de nuestra habitación, quieta en la

cama, pienso que Alberto ya no sabe quién soy, quién es esta que vive en su casa, esta que ve ahora como una desvalida. Y que yo tampoco lo sé. También pienso que no tengo que dormir siestas tan largas porque a la noche no me da sueño.

Trenza de india

Para movernos en mi escritorio tenemos que ir corriendo cajas con el pie. Algunas están apiladas, otras ocupan el piso sin ningún orden. Mónica me cuenta que para etiquetar y archivar cada una de estas cajas tuvimos que revisar el contenido de unos siete paquetes. Fue un trabajo de meses, yo me detenía horas y hasta días con cada documento antes de decidir si tirarlo o guardarlo. Dice que, si quiero que me ayude con lo del libro, primero hay que hacer espacio acá adentro. Se sacude los pantalones sucios de polvo, agarra una pila de papeles de arriba de una banqueta y se sienta apoyándolos en sus piernas.

Levanto una de las cajas pero es muy pesada y la dejo otra vez en el piso. Agarro otra al azar, mucho más liviana. La subo a una silla. *Empecemos por esta.* Mónica se acerca y le pasa un trapo por la tapa. Yo la abro. Las dos miramos adentro con curiosidad.

¿Y esto?, pregunta Mónica.

No sé qué podrá ser. Un papel delicado y traslúcido deja ver un bulto enrollado sobre sí mismo, como una serpiente dormida en el fondo de la caja. Mónica da un paso atrás. Saco el envoltorio con cuidado. Sea lo que sea, seguramente se trata de algo muy antiguo.

¿Eso qué es?, vuelve a preguntar Mónica.

Lentamente levanto una larga trenza de pelo negro. Una trenza de cabello humano.

¡Eso es pelo de muerto!, dice Mónica en un chillido.

Tiene razón. En el envoltorio veo una tarjeta escrita con tinta negra y caligrafía muy fina: "Trenza de María la China. 2 de enero de 1934".

Dejemosló, señora, no me gusta nada esto. Dejemosló hasta que llegue el señor Alberto.

Cerramos el escritorio y nos quedamos en la cocina el resto del día.

Cuando Alberto llega hablan entre ellos. Mónica le cuenta de la trenza, dice que yo no hablé en casi toda la tarde y estuve con la mirada perdida. Alberto me mira como si quisiera atravesarme para verme el cerebro.

Ana, mi amor. Mirá, vamos a tener que hacer orden en tu escritorio. No es sano que pases tanto tiempo entre ácaros y cosas de muertos.

Mónica pregunta a Alberto si cree en espíritus. Él se queda callado, la mira a ella y me mira a mí, pareciera no tener respuesta para eso. Se pasa una mano por la frente y después de un rato dice que no cree en fantasmas ni en espíritus, pero que sí cree en la locura. Pide una aspirina. Mónica se la trae enseguida con un vaso de agua. Y los dos hablan de mí y planifican la limpieza que harán en mi escritorio los próximos días, como si no los escuchara, como si yo no estuviera acá.

Esos papeles son míos. Los necesito.

Me viene de adentro un llanto que no me deja seguir. Él me abraza.

Calmate, Ana. No pasa nada, quedate tranquila.

A la noche otra vez no puedo dormir. Alberto ronca con la cabeza hundida en la almohada. En un impulso me levanto y camino hasta mi escritorio. Abro la puerta y enciendo la luz. La trenza sigue donde la dejamos. Me agacho para mirarla mejor. Me pregunto cómo pudo conservarse así tantos años. Se ve que es un cabello muy fuerte, grueso y resistente. La levanto con cuidado y la llevo al baño. Busco unas hebillas y me la sujeto al pelo, arriba de la nuca. Me miro en el espejo. *¿Quién sos?* Aunque la trenza contrasta con el color de mi piel y el de mi propio pelo, parece nacer de mi cabeza. Bien agarrada, la siento colgar sobre la espalda. La punta está atada con un lazo blanco percudido y me llega a la cintura. La acomodo. Pruebo cómo me queda apoyándola a los costados, sobre un hombro y sobre el otro. Paso casi toda la noche frente al espejo.

La historia

Cuando a la mañana Alberto me ve se sobresalta. Pide que me saque la trenza y vuelva a guardarla donde la encontré. Le explico, medio dormida, que tenerla puesta es una forma de guardarla también y que me gusta tener este pelo en mi cabeza.

El día está frío y húmedo, Alberto da vueltas por la habitación. Yo tardo en salir de la cama, hoy tengo mucho sueño como para levantarme temprano.

Sacate eso, por favor, insiste.

Si él pudiera verme como yo me vi anoche en el espejo, no me lo pediría.

Es mi trenza. Quiero tenerla puesta un poco más.

Mónica nos sirve café con tostadas en la cocina. Mientras desayuno pienso en la lista de instrumentos musicales que encontré en mi escritorio y en cómo puedo usarla para el libro. Con los nombres de estos instrumentos podría armar frases que sumadas a otras frases ocuparan una página. Y leerla hoy a los pacientes del centro de recuperación. Dejo el desayuno a un lado y apunto en un papel la palabra CHACO y los nombres de algunos instrumentos de la banda del ejército: TROMBONES, CLARINETES, REDOBLAN-

TES, PLATILLOS. Doblo el papel y lo guardo en el bolsillo del pantalón. Le aviso a Alberto que estoy lista para salir.

Cuando ya estoy en la ronda Marta elogia la trenza en mi cabeza, dice que es muy pintoresca y que me queda preciosa. Le agradezco y saco el papel de mi bolsillo.

¿Nos vas a leer algo, Ana?, pregunta el médico coordinador.

Sí.

¿Es una parte de tu libro?

Sí, es una parte de mi libro.

Bueno, te escuchamos, dice él y todos giran sus cabezas hacia mí. Incluso Lucas se pasa la palma de la mano por la boca y me mira. Se hace un silencio tan grande que puedo escuchar la respiración de todos. Miro las palabras en el papel. Leo en voz alta "Chaco" y "trombones". Álvaro se tira un pedo que suena como un estruendo y todos se ríen. *Sonó como un trombón*, dice sacudiendo todo el cuerpo en su silla.

El médico nos explica que los gases son parte de nuestro organismo, pero todos lo sabemos. De a poco se apagan las risas y todos vuelven a mirarme. Yo dejo el papel y busco en mis pensamientos las palabras para arrancar la historia, ahora sin leer. Me digo a mí misma, empezá por el ejército. Hablales de tu tatarabuelo y de cómo tu familia se siente orgullosa de él. Contales que era un hombre bueno con todos. Hablá de las batallas y de los hombres muertos. Pero no digas batallas. De los muertos, de los indios muertos. No digas indios. Decí solo hombres muertos. Niños muertos también. ¿Animales muertos? También. Todos cubiertos de sangre, y la nena viva llorando. La india. Y que no sabés mucho más, sabías y lo querías escribir. No le encontrabas la forma. Tengo imágenes como recuerdos, voy a decirles, como si los hubiese vivido. Y de lo que viví recuerdo muy poco, todo mezclado. Voy a decirles cómo son los olores de los cuerpos transpirados bajo los uniformes y de la tierra cuando se moja. Cómo es el grito del jabalí, el silencio de la llanura antes de la embestida.

Yo escribía una historia. Es algo que ocurrió hace mucho tiempo.

Apenas empiezo a hablar me agota el esfuerzo y me duelen los pies. Me saco los zapatos.

El médico dice que cualquier esfuerzo por comunicarnos es muy valioso, que lo malo es no intentar. Gregorio se retuerce las manos y me pregunta de dónde saqué la trenza.

Es mía. Estaba entre mis cosas.

Vuelvo a notar en su cara los rasgos indios que vi en los hombres de mis postales pintadas. Nos miramos callados. Tiene los ojos como túneles profundos y oscuros. Imagino que de adentro podrían salir búhos y otras aves de la noche escondidas ahí durante mucho tiempo.

El hombre que se retuerce las manos

Esta mañana tengo muchas palabras pensadas, pero cuando llega mi turno en la ronda solo puedo decir indios, batuta y Chaco. Los demás me miran con cansancio, con pena. Nadie habla hasta que el médico coordinador dice: *El que sabe mucho del Chaco es Gregorio porque es de ahí, ¿verdad, Gregorio?* Gregorio baja la mirada y contesta que sí.

El médico sigue. *Es un poco tímido pero su historia es muy interesante, ¿no? Llegó del Chaco a Buenos Aires en la década del sesenta...*

En el año 67, interrumpe Gregorio sin levantar los ojos.

En el año 67, sí. Llegaron solos él y su señora, y acá encontraron trabajo, tuvieron a sus hijos. Cuando llegaron no conocían a nadie, ¿no es verdad, Gregorio? Los hijos se casaron, la esposa falleció hace unos añitos ya. Gregorio es el más antiguo de nuestro grupo. Al principio casi no hablaba, ¿verdad?

Álvaro dice que Gregorio sufre depresión y que por eso habla poco y muy bajito.

El médico nos pregunta si podemos definir "depresión". Álvaro se encoge de hombros, Marta se quedó dormida y Lucas mira el techo sin enterarse de nada.

Depresión es perder el...

¿Perder qué, Ana?

No sé, no me sale.

¿Perder el entusiasmo?, ¿perder el gusto por las cosas?

Sí.

Bien, es todo eso, sí. Pero también acá aprendemos que se trata de un trastorno, un problema en nuestra salud que podemos atender.

Mientras el médico habla Gregorio sigue mirando para abajo y se retuerce las manos.

Más allá de los tratamientos farmacológicos es importante recobrar la confianza en nosotros mismos. Mantenernos ocupados. Por ejemplo, Gregorio es bueno en muchas cosas, muchísimas. En su juventud fue obrero de la construcción, no sé cuántas casas levantó en su barrio y todavía se da maña para hacer arreglos y reparaciones. También es un experto del violín, la música lo ha ayudado muchas veces.

Gregorio levanta apenas la cabeza, dice que él no toca el violín sino un instrumento parecido, al que los chaqueños llaman novike. Su padre lo tocaba y su abuelo también. El médico le pide que nos cuente a todos cómo es un novike y cuál es su origen.

Gregorio tarda en contestar. Dice, muy despacio, que es un instrumento hecho con una caja de hojalata y una sola cuerda. Y que su sonido es como el que hace el jaguar cuando afila las garras contra el tronco de un árbol.

¿Podrías volver a contar la leyenda esa, para que Ana también la escuche?

¿La leyenda del novike?

Sí, esa.

Bueno, contesta sin dejar de mirar al piso.

Había un hombre, hace mucho tiempo. Se llamaba La'axaraxaik, que en qom significa "el feo". Tan feo era que no podía conseguir mujer, y por eso andaba solo. Triste andaba.

Gregorio se calla, mira el piso, se retuerce las manos. El médico lo anima para que siga.

¿Y qué pasó, Gregorio? Todos te estamos escuchando.

Un día... un día otro hombre que se decía dueño del monte le regaló al feo un instrumento. Un instrumento nunca visto. Además, le presentó a su hija y se enamoraron. Y se casaron.

El médico llena cada silencio que Gregorio hace.

¡Ese era un feo con suerte! Habrá dejado de estar triste.

Y la música que tocaba en el novike los ponía contentos a todos... Tan lindo tocaba que las otras mujeres, las que antes no lo querían, lo empezaron a buscar.

Gregorio se queda pensativo otra vez.

¡Las que lo rechazaban ahora le andaban atrás! ¿Y qué pasó después?

Una noche, su esposa lo encontró con las otras mujeres, entonces le agarró el novike y se lo tiró al fuego... El instrumento se quemó, ardió. Y formó el lucero del alba.

¡El lucero! Ahora sabemos cómo nació el lucero según esta leyenda. Hermosa historia, Gregorio.

La'axaraxaik recuperó el novike quemado.

¡Ah, sigue! Perdón. Te escuchamos.

Lo rescató del fuego todo chamuscado, pero nunca le pudo volver a sacar ninguna música... Cuando él se murió, el instrumento quedó abandonado. Mucho tiempo después, hubo un joven, un muchacho que andaba muy triste. Porque no podía ver a su enamorada que estaba lejos. Encontró el novike y lo empezó a tocar. Era una música tan triste que llegó hasta donde estaba ella. Ella se conmovió. Siguió la música y pudo llegar donde estaba el joven. La historia del novike es así.

¡Que hermosa historia, Gregorio! ¿Y los demás qué piensan de esta historia? Marta, ¿qué pensás vos?

Marta se mantuvo despierta escuchando y ahora mira atenta a Gregorio.

¿Cuántos novikes tiene en su casa usted?

Uno solo.

¿A qué hora lo toca?

Al atardecer.

Lucas gimotea, Álvaro se come las uñas. Yo le pregunto a Gregorio si toca el novike para traer de vuelta a su esposa. Pero me parece que los sonidos que salen de mi boca suenan a otra cosa, y enseguida me arrepiento de haber hablado.

Lo toco cada tarde, pero ella no vuelve, me contesta él.

¿Usted me entiende estas palabras?

Sí, las entiendo bien.

El médico coordinador nos mira perplejo. *¿Cómo dicen?*

Que mi mujer no vuelve, dice Gregorio. *Ya no vuelve más.*

No entiendo. ¿Están hablando otro idioma?, pregunta el médico.

En lengua Qom, responde Gregorio.

Qomi napaxatoqo, contesto yo.

El médico se pone a escribir algo largo en su libreta. Concentrado en lo que anota, parece haberse olvidado de los otros. Álvaro pregunta si ya nos podemos ir.

Cuando llego a casa por fin me descalzo. Quisiera no tener que usar más ni zapatos ni zapatillas. Mónica dice que por lo menos me deje las medias para no agarrar un resfrío. Le pongo en la mano un papel y una birome, para dictarle unas ideas para el libro. Cuando empiezo el dictado no me entiende.

Mejor dictelé al señor Alberto cuando vuelva, dice. La sigo por toda la casa con el papel en la mano. Ella pasa la aspiradora en el living, en la habitación grande, en el cuarto del chico, en el estudio de Alberto. Se detiene en la puerta de mi escritorio y la apaga.

Señora, me da impresión verla con esa trenza en la cabeza. ¿Por qué no va a descansar?

Salgo al balcón a mirar el cielo, a esta hora se llena de colores rosados que se vuelven grises. Me concentro en las nubes sobre los edificios y cierro los ojos para verlas en mi imaginación. Abro los ojos y vuelvo a mirarlas, ya cambiaron de forma. Abajo en la vereda pasa un chico en bicicleta. Veo también a un hombre, es Alberto. Habla con una mujer, la vecina del tercero. Es imposible escuchar lo que dicen. Imagino que hablan de mí, ella le cuenta lo mal que me vio esa tarde en la entrada de casa y Alberto le confiesa que ya no sabe qué hacer conmigo. Se despiden con un beso en la mejilla, ella cruza la calle y él entra al edificio. Vuelvo a mirar el cielo, las nubes oscureciéndose y un momento después Mónica se asoma para avisar que Alberto ya llegó, que ella se va y que nos dejó un té servido en la mesa del living.

Tomamos el té tranquilos porque el chico juega en su cuarto. Alberto tiene otra vez ese gesto de preocupación en la cara. Habló hace un rato con mi médico, aunque mis síntomas se estén complejizando, no hay nada nuevo para preocuparse en las tomografías. El médico le contó que hoy, durante un momento en la sesión, hablé en otro idioma. El chico aparece con un oso de peluche que tiene el cuello descosido y le cuelga la cabeza. Alberto le hace upa y los dos se concentran tratando de arreglar el muñeco. Recuerdo que en el mueble del baño, cerca de la caja de hebillas, hay una lata con hilos y agujas que podrían servir para coserlo. Y voy a buscarla.

La fiebre

La noche de mi cumpleaños, cuando la bola espejada me cayó encima, vi alrededor pedazos de vidrio que reflejaban colores azules, verdes y lilas revoloteando como mariposas. Esta noche al cerrar los ojos puedo ver manchas luminosas que aparecen y se desintegran en mi cabeza. Escucho la respiración de Alberto y sé que él tampoco duerme. Ahora enciende su celular que le ilumina la cara. Antes de venir a la cama volvió a pedirme que me sacara la trenza, y como no lo hice tengo miedo de quedarme dormida y que él me la quite y la esconda o la tire.

Ana, ¿estás despierta?

Sí.

Estuve buscando. Habla mirando la pantalla de su teléfono. *Hay una cosa que se llama xenoglosia. Acá lo definen como un fenómeno psíquico, relacionado con cuestiones paranormales, que hace que una persona, de pronto, hable en un idioma que no es el suyo. Casi siempre se encuentra una razón, algo relacionado con la persona, que desmiente las explicaciones místicas.*

Deja el teléfono en la mesita de luz y aunque está todo oscuro creo que me mira.

No estoy seguro... por ejemplo, vos estudiabas toba por tu cuenta, ¿no? Antes del accidente.

En alguno de los cuadernos del escritorio hay palabras anotadas por mí que no se parecen al español. Voy a buscarlo y se lo traigo. Alberto se sienta en la cama, enciende el velador y lo lee.

¿Qué dice?

Nada, son garabatos que habrás hecho distraída.

Lo veo pasar a otras páginas cada vez más absorto y concentrado. Siento los párpados pesados, apoyo la espalda contra la cabecera de la cama. Los ojos se me cierran de a ratos, fragmentos de sueño que interrumpo para volver a mirar a Alberto. Sigue leyendo en la misma postura sin prestarme ninguna atención. No puedo mantener los ojos abiertos más que unos segundos. Otra vez veo manchas luminosas en mi cabeza flotando como bichitos de luz en un mar oscuro. Me duermo con una sensación de insolación en todo el cuerpo.

En el desayuno Alberto explica que, por lo que pudo ver, yo estudiaba toba de manera autodidacta. No sabe si llegué a tomar clases alguna vez, es raro que yo no le haya comentado nada. Dice que se pondrá en contacto con algún especialista en idiomas de la facultad. Mónica pregunta si voy a bañarme antes de salir para el centro de recuperación. *No, estoy bien así.* Tengo las uñas sucias de tanto revolver el escritorio, pero para bañarme debería sacarme la trenza. O ducharme con ella, y no la quiero estropear.

Pero, señora Ana, está toda transpirada. Es cierto, la remera que tengo puesta está mojada. Alberto me pone una mano en la frente y dice que tengo fiebre. Trae un termómetro y ayuda a ponérmelo debajo del brazo, bien apretado. Casi treinta y nueve de temperatura. Mientras se prepara para salir a trabajar pide a Mónica que me cuide, y a mí que me quede en la cama. Llama al centro de recuperación para avisar que hoy no voy a ir. Mónica me acompaña al cuarto, y cuando me recuesto me pone un paño mojado en la frente.

No te vayas, le digo.

Ella me mira con piedad, dice que estará cerquita para lo que necesite. Siento la fiebre en mi cabeza detrás de los ojos y no puedo ver las cosas con claridad. Me quedo dormida y sueño con el llano incendiado. Estoy inmóvil en mitad del campo. Alrededor de mí todo es un infierno, barro, cadáveres y chozas destruidas. Aunque quiero correr no consigo moverme. El sol se está poniendo y unas sombras negras vienen y van, aparecen y desaparecen. Se oye un zumbido de insectos y el aullido lejano de unos animales. Hay pequeñas hogueras ardiendo por todos lados. Unos chicos se agrupan alrededor de un caballo degollado para chuparle la sangre. Yo logro moverme, empiezo a correr y enseguida tropiezo con un cuerpo de hombre desparramado en el suelo. Escucho la voz de mi padre llamándome desde algún lugar lejos, pero cuanto más me acerco reconozco que es la voz de mi hijo la que me llama. Mi ropa está hecha harapos, jirones de un vestido blanco de comunión cubierto de barro. Alguien me agarra de un brazo, me arrastra, me sube a su caballo que se bambolea primero, trota y suelta el galope. Nos alejamos atravesando el fuego, los pajonales, los cuerpos desparramados. Cruzamos la ciudad bajo la lluvia. El caballo corre entre los autos. Vamos por el medio de una avenida y dejamos atrás mi escuela primaria, las casas en las que viví, el bar de la facultad, el cementerio. La galería de la calle Brasil, la biblioteca, los edificios que empiezan a espaciarse entre terrenos baldíos hasta desaparecer por completo en un desierto de pasto seco, que no parece mojarse con la lluvia. Los brazos del jinete me cubren bajo su capa negra.

Mónica me despierta.

Le traje el almuerzo, señora Ana, sientesé con cuidado.

Pone delante de mí una bandeja con un plato de sopa, pan y un vaso de agua.

Esto le va a hacer bien, debe estar incubando una gripe.

Tomo toda el agua, la sopa no puedo pasarla. Tengo el estómago revuelto. Agarro a Mónica de un brazo cuando va a llevarse la bandeja.

¿Necesita algo más, señora?

Tuve otro sueño, Mónica.

No le entiendo nada. Voy a traerle una aspirina para la fiebre.

Más tarde vuelve a despertarme con un té. Escucho el televisor sonando a todo volumen desde la cocina. El chico se asoma por la puerta y me mira, le hago un gesto para que se acerque a la cama. Viene despacio y se queda a mi lado. Lo abrazo y me mira asustado, pero se abraza a mis hombros también. Su pelo tiene olor a caramelo, lo huelo aspirándolo como si fuera medicina.

Duermo el resto del día. A la noche Alberto dice que tengo que bañarme. No tengo opción. Llena la bañadera de agua tibia y ayuda a sacarme la ropa. En un momento me pone la mano en la cabeza, donde comienza la trenza. Le agarro fuerte el brazo. *No me la voy a sacar.* Me quedo un rato en el agua tratando de no mojarme el pelo, pensando en el vendedor de la calle Brasil. Imagino que nos sumergimos juntos y que él me abraza.

Cuando vuelvo a la habitación Alberto me espera despierto en la cama.

Ponete algo de ropa, te va a hacer mal estar desnuda.

Abro el cajón, no elijo ninguna de las remeras, hace mucho calor en esta pieza. Alberto se queda mirándome con cara de bobo. Me acerco a la cama y me le subo encima. Él me acaricia la cabeza. Le agarro las manos y me las pongo en el culo. Que me apriete fuerte. Que me coja.

Ana, amor, estás volando de fiebre otra vez.

Las fotos

La fiebre va y viene durante unos días. Un médico clínico me diagnostica gripe, receta un antibiótico y recomienda reposo hasta que me sienta mejor. Mi mamá viene a cuidarme. Trajo de su casa un frasco de jarabe y unas fotos de mi infancia. Dice que, por juntar tantos documentos de otros, por aferrarme a esas historias del pasado, me olvidé de mi propia vida. Se recuesta conmigo y me va mostrando las fotos. Siento la vista empañada y casi no puedo reconocerme en esas imágenes. Ella se detiene un rato en cada una.

Acá tenés nueve años, estamos en la quinta de los tíos. Mirá qué lindo pelo tenías de chica. Rubia, bien rubia eras, se te fue oscureciendo más de grande. En esta... ¡qué chiquita! ¿Qué tendrías? ¿Cuatro? ¿Cinco? Fue después de la operación de amígdalas. ¡Acá en el acto de la escuela! Cuando fuiste escolta de la bandera, el chiquito abanderado era ese petiso muy traga, mirá, vos le llevás una cabeza, no recuerdo su nombre, ¿vos te acordás?

Mi mamá va pasándome cada foto que comenta, yo las sostengo con esfuerzo, me duelen la cabeza y las manos.

¡Ahh!, ¡mirate en esta!, en la puerta de la parroquia el día de tu comunión. Debemos tener guardado el vestidito en alguna parte. Qué lástima que salió movida. Eso es porque nunca te quedabas quieta. Tan linda estabas y no hay ni una foto decente de ese día.

Ahora mi figura en las fotos se hace un manchón blanco que cambia de forma según la imagen. Mi mamá no se interrumpe.

Siempre fuiste un poco excéntrica, dice. Doce años tenés acá, a esa edad te encerrabas en tu cuarto a escribir cartas para personas imaginarias. Las guardabas en un cajón de tu ropero. Una vez las leí y casi me muero del susto. Les escribías a amantes extranjeros, amigas moribundas y vecinos judíos alojados en nuestro sótano. Nunca te faltó imaginación... Pero todo esto que te está pasando ahora, Ana, me tiene preocupada.

Hace un piloncito con todas las fotos, las deja en la mesita de luz y suspira.

Vos no te debes acordar de mi tía Mercedes, ¿no? Ella deliraba, decía que veía hombrecitos en su jardín, y regaba las plantas con su propio pis porque creía que les hacía bien. Hubo una hermana de tu padre, que no llegaste a conocer, que tenía esquizofrenia, creía que una japonesa la perseguía cuando salía a hacer las compras. Y también tuvimos en mi familia una prima lejana mía que sufría trastornos de ansiedad muy fuertes, nunca pudo armar una vida, pobrecita. A veces tengo miedo de que todo esto que te está pasando sea genético, no sé. La salud mental es algo muy delicado que hay que cuidar toda la vida. ¿Qué es lo que a vos te pasa, Ana? ¿Qué es realmente? No te puedo ver con esa trenza en la cabeza, moviéndote por tu propia casa como si fueras un fantasma.

Ahora se queda callada, mirando el acolchado de mi cama. A mí solo me sale decir *no sé, no sé.*

Tenés un hijo, una casa, una carrera... Me duele verte así. No sé cómo ayudarte. Sacate esa trenza, por Dios. ¿Cómo te puedo ayudar? ¿Querés que me lleve todas esas cosas que tenés en tu escritorio? ¿Eh?, ¿así te despejás? Cuando me contaste que ibas a escribir sobre la historia de la india del Chaco te advertí que no es bueno meter cosas de la familia en una novela, y menos con algo que ni vos entendés de qué se trata. Ahora todo este trastorno me destroza el alma, Ana.

Agarro las fotos de la mesita de luz y las vuelvo a mirar una por una. Algunas se me hacen color bermejo y ondulan como en un incendio. Otras parecen manchadas como con sangre seca. Trato de limpiarles las manchas, primero frotándolas con las yemas de los dedos y después con las uñas. Mi mamá me saca las fotos de un tirón.

¿Pero qué hacés, hija? ¿Las querés romper?

La abrazo. Ella me acaricia la espalda, muy suave pasa su mano por la trenza. *No te asustes, no te la voy a sacar, dejame, como cuando eras chica,* dice.

Y yo la dejo.

Ya te vas a poner bien, hijita, todo esto va a pasar.

La profesora de toba

Por momentos solo puedo hablar en lengua toba. Alberto y Mónica me miran espantados, buscan excusas para ir a hacer otra cosa. Muchas veces prefiero quedarme en silencio para no asustarlos. De a poco se están cansando y dejan de darme órdenes: que me bañe, que coma, que me saque la trenza. Yo escribo palabras para llevar al centro de recuperación cuando pueda volver. El virus gripal me tuvo estos días encerrada sin poder hacer otra cosa que dormir siestas largas, deambular por la casa, mirar a Mónica mientras cocina y los programas que pone en el televisor.

Esta tarde llega Alberto con una señora que no conozco. Estoy escribiendo palabras en la mesa del living y enseguida que la veo me interrumpo, su presencia me inquieta. No sé quién es ni qué hace acá pero su aspecto elegante me inhibe. Yo sigo en camisón, con la trenza desprolija, y no estoy preparada para ninguna visita. Alberto me la presenta, es profesora de lenguas indígenas en la Universidad de Buenos Aires. Me acomodo la trenza sujetando las horquillas en mi cabeza. Nos saludamos dándonos la mano. Ella tiene el pelo lacio y recortado cuidadosamente por encima de los hombros. Lleva un impermeable color beige muy largo que le entrega a Mónica después de saludarme. Toda su ropa es impecable en tonos grises, blancos y marrones claros. Alberto y ella se sientan a la mesa conmigo. Yo no sé qué decir. *Ella vino a ayudarnos, Ana*, dice Alberto. Sigo en silencio. Ella me sonríe y dice que mi marido le estuvo contando acerca del problema, de lo confuso que resulta todo y de lo poco que están avanzando los médicos. Dice que es realmente muy curioso lo que me pasa y que ella está dispuesta a hablar conmigo y traducir lo que sea necesario. No se me ocurre qué decir. Finalmente digo, no sé en qué lengua, que no me salen las palabras. Ella y Alberto asienten y se quedan atentos, esperando a que continúe. Entonces hablo de la fiebre, de cuando llega a mi cabeza y me agarra los ojos y no puedo ver las cosas. De los sueños, el llano incendiado, la banda de músicos militares. Del gusto agrio que le siento a la comida. Cuando termino, de nuevo se hace un silencio que ninguno de los tres interrumpe. Por fin la mujer suspira.

No le entendí casi nada, le dice a Alberto, *tiene una entonación muy cerrada.*

¿Pero es toba?, pregunta él.

Sí, sí, pero son llamativos el acento y la entonación, no suena como un idioma aprendido. Suena como de hablante originario, como del monte profundo. Los porteños tenemos mucha dificultad para articular hasta los fonemas simples. Hay muchas consonantes juntas, casi imposibles de pronunciar para nosotros. La manera en que tu esposa lo hace, de forma tan rápida y cerrada es difícil de entender para los que no somos nativos. Aunque estudiemos la lengua.

Yo quedé exhausta y me duele la cabeza. Me despido de ellos para meterme en la cama. Desde la habitación los escucho conversar, planifican otra visita, hablan de otros especialistas en idioma toba y de las comunidades que existen en Buenos Aires. La voz de ella tiene un tono suave, dubitativo, busca decir algo útil. Alberto en cambio pareciera estar seguro de que hacerla venir fue un error. Ella, para tranquilizarlo, dice que seguramente todo esto sea algo pasajero, producto del golpe o de un shock emocional. Él responde que ya no sabe qué pensar, ella se lamenta de no haber sido de mucha ayuda. Al salir repite que está muy interesada en colaborar con nosotros, y promete seguir en contacto.

La despedida

De los papeles de mis cajas consigo leer apenas unos nombres y algunas frases entre el resto de las palabras que se me pierden:

"... Domingo F. Sarmiento..."

"... Hoy reparto de indios..."

"Querida familia, esperando que se encuentren bien al arribo de estas líneas...", "... machos, chinas y osacos..."

"Conste por la presente que el piano de la firma Rönisch presente en mi domicilio..."

"... batalla de Napalpí..."

"Hipólito Yrigoyen..."

"... bonita como la flor de Irupé..."

A veces hago tanto esfuerzo en leer que transpiro como si hiciese gimnasia.

Ya no tengo fiebre y le digo a Alberto que estoy lista para retomar mi terapia en el centro de recuperación. Estamos en el living. Él no me responde, sostiene un disco de vinilo que manipula con la delicadeza y concentración de un ritual. Antes de sacarlo de su sobre se puso unos guantes para no engrasarlo y ahora lo toma por los bordes, lo coloca en la bandeja con cuidado y baja la púa muy despacio. El disco da un par de vueltas y aparece el sonido, él de a poco va girando la perilla del volumen y la música se escucha más fuerte.

Es Los adioses, de Haydn antes te gustaba, te gustaba mucho, dice y se queda un rato callado escuchando con los ojos cerrados. Ni parece darse cuenta de que sigo parada al lado de él. Cuando el disco deja de sonar, él abre los ojos, retira la púa y apaga el tocadiscos. Dice que no está seguro de que continuar con el tratamiento del centro de recuperación esté sirviendo de algo. En estos días pidió turnos con varios neurólogos, psiquiatras y otros especialistas para tener más opiniones sobre qué hacer. Yo tampoco creo que el tratamiento me esté ayudando, pero quiero volver. Todos estos días estuve ensayando maneras de contar mejor la historia de mi libro a mis compañeros de ronda. *Quiero ir, Alberto.*

Llegamos muy temprano al centro de recuperación. Alberto se queda hablando con el médico coordinador, yo voy al baño a mojarme la cara, sujetarme la trenza y ensayar palabras frente al espejo. Cuando salgo Alberto ya se fue y todos mis compañeros están sentados en sus lugares. Me pregunto si habrán hablado de mí durante mi ausencia, qué ejercicios habrán hecho, si habrán progresado con su recuperación. Los miro sonriéndoles. Tan ridículos y patéticos me parecían cuando los conocí y ahora los siento mis amigos.

¿Ella quién es?, pregunta Marta al médico.

Ella es Ana, Marta. Estuvo ausente unos días nomás, por una gripe. Los demás la recuerdan, ¿verdad?

La del tatarabuelo, dice Álvaro.

El médico sonríe y me pregunta cómo sigue la escritura de mi libro. *Bien,* respondo y no puedo decir nada más. Veo que en el pelo de Marta asoman unas raíces blancas, que Álvaro está más tranquilo, que Lucas viste un equipo de gimnasia nuevo. Gregorio sigue igual, mira el piso y se retuerce las manos. El médico coordinador nos da la consigna de hoy. Tenemos que describir con solo tres palabras a alguno de nuestros compañeros de ronda. Pueden ser adjetivos o sustantivos, no importa, puede ser algo concreto o abstracto, lo primero que nos venga a la cabeza. A Marta le toca describir a Álvaro. Dice *nervioso, ojos claros. Bueno,* dice el médico, *está bien, está muy bien.* Le indica a Álvaro que ahora describa a Marta. Álvaro dice *soñadora, tetona, florida.* Es mi turno, tengo que hablar sobre Lucas. *No sé,* digo. El médico me pide que haga un esfuerzo, no tengo que pensar demasiado, solo tres palabras. Digo *mancebo de la tierra.* El médico sonríe, dice que no son exactamente tres palabras pero que está muy bien.

Lucas está mirando el techo y se lleva una mano a la boca, después deja caer su mentón, me mira de costado.

Lucas, ¿te animás a describir a Ana con tres palabras?

Herida en la cabeza.

Aunque tampoco son exactamente tres palabras, a todos nos sorprende la fluidez con que las dijo.

A Álvaro le toca describir a Gregorio. Piensa un rato. *Reservado, solitario, originario.* Cuando llega el turno de Gregorio, se disculpa. No tiene ánimo de participar.

¿Hoy no van a hablar en idioma toba?, pregunta el médico.

Gregorio niega con la cabeza y yo lo imito.

Siguen las consignas: escribir un deseo, decir cosas con mímica, dibujar un paisaje. No me puedo concentrar.

Cuando la sesión termina me acerco a Gregorio.

Ya no voy a venir más, le digo en voz baja.

A él le parece bien. *La cabeza debe reposar de tantas tareas*, dice. *Y la cabeza descansa cuando está en silencio y no la molestan.*

Yo le agradezco por haber hablado conmigo. Él por primera vez me mira a los ojos. Dice que si no voy a venir más le deje la trenza.

No puedo, es mía.

No, no lo es.

Gregorio se queda mirándome muy serio, de sus ojos oscuros podrían salir pájaros negros a picotearme la cara.

Sin saludar me levanto y salgo rápido a la calle. El taxi me espera en la puerta.

TERCERA PARTE

Unas oraciones

Mónica no encuentra la tapa de la azucarera, dice *azucarera* y yo repito *azucarera*. No creo haber pronunciado nunca antes azucarera. Ella está preparando leche chocolatada para el chico. Le pido que deje todo y me acompañe al escritorio porque necesito dictarle unas oraciones para el libro. El chico nos mira triste. Es hermosa su cara cuando no chilla. Lo miro y me sorprende pensar que de mi cuerpo proviene su cuerpo.

Usted lo que necesita es un baño, señora Ana, dice Mónica. Es verdad, hace ya varios días que no me baño y huelo bastante mal. Pero no quiero arruinar la trenza. El agua y el fuego pueden destruir las cosas, cualquiera lo sabe.

Al fin nos sentamos frente a la computadora de mi escritorio. Yo tengo la espalda cubierta con una frazada que traje de mi cuarto. Ella mira seria el teclado, estruja un repasador sobre sus piernas. Dice que debería volver a la cocina.

Un momento, le pido.

La primera frase siempre es la más difícil. Los pensamientos me vienen todos juntos, superpuestos. Me vienen imágenes de la toba como si fueran recuerdos míos: la noche a la intemperie, un cielo con estrellas inmensas como al alcance de la mano. El olor al guayacán humedecido. La bruma que trae el amanecer, el sonido agudo de un clarinete. El suelo temblando y los gritos. Los degüellos. Los despojos humanos, el silencio de la llanura.

Mónica bosteza y se tapa la boca con el repasador.

¿Qué pongo?, dice.

Cierro los ojos para concentrarme mejor. El libro podría empezar con el personaje de la india que habla, que cuenta su historia. Tienen que ser palabras que unidas a otras palabras armen una frase como por ejemplo: "He recordado la más dolorosa de mis penas".

¿Qué pongo?, repite Mónica.

La cabeza me pesa tanto que tengo que apoyarla en la mesa del escritorio. Mónica me habla, no entiendo qué me dice. Después pone una mano sobre mi frente y yo la miro. No me toques la trenza, pienso, nada más no me toques la trenza. No logro mantener los ojos abiertos y aunque es muy incómoda la posición, me voy quedando dormida.

He recordado la más dolorosa de mis penas. Punto. Un dolor sin merma. Punto. En partes diminutas repartido. Coma. Cubriendo todo como polvo. Punto. En mi sueño la nena toba ya es vieja y me dicta un texto. Lleva la batuta en la mano y la mueve con cada palabra dirigiendo mis pensamientos para convertirlos en sonido. Estamos en el salón de actos de mi escuela primaria, sobre el escenario. Ella tiene puesto un delantal de maestra y yo el vestido de mi primera comunión, que me queda chico y me sofoca. *¿Por qué tuve que volver a la escuela?*, pregunto interrumpiendo el dictado. Ella golpetea con la batuta los garabatos inentendibles en los renglones de mi cuaderno. Escucho algunas risas, el salón está lleno de un público que nos mira. No puedo distinguir sus caras, unos focos de luz frente al escenario me enceguecen. Las risas se convierten en toses aisladas y después en murmullo.

Alberto, Mónica y mi mamá hablan en la cocina. Aunque cuchichean, sus voces me despiertan. No tengo idea de cuánto tiempo dormí. Me levanto, cierro la puerta del escritorio y camino descalza hacia ellos. Están tan concentrados que ni siquiera notan que me apoyé en el marco de la puerta a observarlos.

Sí, va a ser lo mejor… a ella no le va a gustar, yo estoy de acuerdo, dice mi madre. *Ella no entiende*, dice mi marido.

Mónica me ve y toda sobresaltada pregunta si quiero un té. No, no quiero un té, quiero saber qué piensan hacer conmigo. No lo digo en voz alta sino con mis pensamientos. Mi mamá se atraganta con su saliva, *hola, hija, tomemos un té*. Sin decir nada Alberto se levanta de la silla, pasa junto a mí sin saludar y sale de la cocina. Me acerco a mi mamá que sin mirarme suspira, *tenés que bañarte, hija, tenés que ponerte bien otra vez, tenés que ponerte bien otra vez.*

Hoy más temprano, la señora Ana me quiso dictar unas partes de su libro, pero estaba muy cansada y se durmió, dice Mónica poniendo las tazas del té en la mesa de la cocina.

¿Y qué querías dictarle, hija?

No lo sé. Lo último que recuerdo es que estábamos en la computadora buscando un rizador eléctrico para el pelo en internet. Respondo: *Rizador de pelo.*

Eso fue hace mucho tiempo, señora. Hoy estábamos con el tema del libro suyo.

Sos una santa, Mónica. Un lujo para mi hija y para Alberto tenerte acá. Dios bendiga tu paciencia.

Ellos también siempre fueron buenos conmigo. Mónica repasa toda la mesada con un trapo rejilla. Después saca la pava de la hornalla, pasa el agua a una tetera y nos sirve el té.

¡Pero servite vos también!, dice mi mamá, *¡este té huele exquisito!*

Bueno, gracias. Trae una taza más y se sienta con nosotras.

¿A vos te gusta leer, Mónica? Mi hija es una escritora excelente. Su primer libro está traducido a varios idiomas.

Sí, la señora Ana es una escritora excelente.

Hija, la próxima vez que necesites ayuda para escribir me podés llamar a mí, así no interrumpís a Mónica con sus tareas. Que la pobre no da abasto en esta casa. Vos sabés que a mí me llaman y yo vengo enseguida. Mónica, ¿de qué es este té tan rico?

Es un té común, señora. Hace tiempo que no compramos del otro.

Ah, parece un té especiado. Hija, ¿no tomás? Se te va a enfriar.

Yo sostengo la taza con mis manos, me la acerco a la boca y trago despacio ese líquido caliente que me resulta agrio, como toda la comida últimamente. Mi mamá pregunta a Mónica cuál es la marca del té. Siento que de mi boca sale un vapor grisáceo que oscurece todo por un instante y se esfuma en el aire.

¿Mamá, viste eso?

¿Qué cosa?

Nada. No estoy segura si lo vi o lo imaginé.

Quedamos las tres un rato calladas, terminando el té. En el silencio se escuchan los últimos sorbos de mi mamá antes de dejar la taza. Mónica pide permiso para levantarse, saca de un cajón un paquete de bolsas negras y sale de la cocina. El chico entra con un papel en la mano que le entrega a mi mamá, ella sonríe y me lo muestra. Es un dibujo que acaba de hacer con unos crayones que ella le trajo de regalo. El borde superior de la hoja está pintado de azul. Pareciera haber empezado a pintar con cuidado y después haberse cansado, hay rayones en el centro de la hoja, espacios en blanco, figuras que parecen cabezas enormes con cuerpos diminutos esparcidos por los costados, manchones verdes y rojos y círculos amarillos. *Es hermoso*, dice mi mamá. Yo creo que sería hermoso si hubiese usado más el azul, si hubiese pintado toda la hoja de azul. Estoy pensando en eso cuando escucho las voces de Mónica y Alberto desde mi escritorio y siento un escalofrío recorrerme el cuerpo.

¿Qué pasa, hija?

Tropiezo con la mesa y me golpeo el dedo meñique de un pie pero logro salir de la cocina, atravieso el living rengueando y abro la puerta de mi escritorio. Mónica sostiene una bolsa de consorcio y Alberto en cuclillas le va pasando papeles. Tengo el impulso de insultarlos con palabras hirientes. Solo consigo decir *¡fuera!* Un calor lacerante me sube desde los pies descalzos hasta la garganta que me tiembla, *¡fuera!, ¡fuera!*

Los tres parlotean en el living. Estoy parada entre las bolsas, las cajas y las pilas de papeles, y por la puerta entreabierta los escucho lamentarse:

Esta no es mi Ana, dice mi madre.

Ahora no va a querer salir de ese cuarto en todo el día, dice mi marido.

Ese lugar es insano, dice Mónica.

Cierro la puerta del todo y no los escucho más. Tuve que chillar como un animal para sacarlos de acá adentro. Ahora, quieta, trato de calmarme con el corazón agitado entre todos mis papeles. Por la persiana abierta el sol ya desapareció y todo quedó a oscuras. Enciendo la lámpara y me siento sobre una pila de diarios. Mi respiración se va relajando. Sujeto bien la trenza por encima de la nuca y la acomodo sobre un hombro hasta las costillas. Acariciarla con las dos manos me tranquiliza y me ayuda a pensar lo que voy a hacer. Revisar y leer todas estas cosas sola puede llevarme un tiempo largo, tal vez años, tal vez toda la vida.

Abro las bolsas que Alberto y Mónica estaban llenando. Son papeles rotos, recortes de diarios, fotocopias. Levanto una hoja amarillenta con forma de diploma. Juntando las letras leo:

Cam-pa-ña del Chaco. Por cu-an-to el Ho-nora-ble Con-gre-so ha san-cio-nado la si-guien-te ley el Se-na-do y la Cám-ara de Di-pu-tados de la Na-ción Arg-enti-na reu-ni-dos en Co-n-greso...

A medida que me concentro en el documento voy dejando de pensar en ellos. En lo que estarán haciendo del otro lado de la puerta. En por qué no golpean. Por qué no intentan sacarme de acá.

Hice espacio y me acosté en un viejo sillón que estaba cubierto de libros y cuadernos. Me tapo con la frazada que traje de mi cama más temprano. Acurrucada, duermo unas cuantas horas. Pero una parte de mí se mantiene alerta, temiendo a que alguien entre a tirar mis cosas cuando no pueda verlo. O que Alberto venga a buscarme para ir al centro de recuperación. Hubo una época en que mi papá me despertaba por las mañanas para ir al colegio. Si me concentro todavía puedo escuchar su voz cálida llamándome desde la puerta de mi habitación, pendiente de que no se me hiciera tarde. Puedo sentir el mismo frío cortante que hacía afuera de esa cama. ¿Cuántas mañanas fueron esas? ¿Cuántos años pasaron desde la última mañana en que mi papá me despertó para ir al colegio? Mido el tiempo que pasó desde entonces y en medio de ese cálculo todo se borra. El recuerdo se pierde. No queda nada, la cabeza en blanco, ninguna imagen. El colegio, mi papá, la casa en la que vivíamos, todo podría ser de mil maneras diferentes. Ninguna me pertenece.

Miro mis manos sobre la frazada que me cubre. Las reconozco, son todavía manos algo infantiles, las uñas cortas como siempre, sin arreglar, pero sobre el blanco pálido de la piel aparecen unas manchas que nunca había visto. Son casi imperceptibles, pecas y lunares diluidos bajo los nudillos y cerca de las muñecas. Si me concentro puedo ver las manchas extenderse y volverse más oscuras. Tal vez el sol de todos estos años hizo que aparecieran, los días en la playa, las tardes en el balcón, los paseos con el chico por la plaza, ¿cuándo aparecieron? Me cubro todo el cuerpo con la frazada. Oigo pasos del otro lado de la puerta. Si Alberto entra ahora intentaré decirle que estoy envejeciendo. Estoy envejeciendo, Alberto, voy a decirle. Mirá estas manchas en mis manos, en mi cara, en todo mi cuerpo. ¿Cuándo aparecieron? Mirá mi piel cambiando de color. Pero Alberto no entra, ni nadie me llama. Los escucho moverse por el living y la cocina durante toda la mañana hasta que me vence el sueño y los ruidos se apagan. Antes de quedarme dormida solo escucho mis pensamientos en la oscuridad. Mi propia voz que dice *la que eras se te va.*

Desde la ventana de mi escritorio se oyen autos, taladros, sirenas. También el canto de algunos pájaros cuando amanece, a veces como una insistencia alegre y otras como el quejido de un enfermo. Alguien dejó el desayuno servido en una bandeja, sobre el piso, del otro lado de la puerta. Lo esquivo cuando voy al baño lo más rápido que puedo, y cuando vuelvo lo meto adentro. Tomo el café ya frío, como las tostadas y dejo la bandeja vacía en el pasillo. No veo a nadie, no escucho a nadie.

Todo el día pienso en cómo empezar el libro. Cuando la luz de la ventana ya no alcanza, prendo la lámpara y sigo hasta muy tarde. Antes le habría pedido ayuda a Mónica, ahora sé que tengo que hacer todo el trabajo sola. Aprovechar el día que pasa en un momento, no sobra tiempo para nada.

El principio es lo más importante de una historia. El final también, pero para eso todavía me hace falta mucho trabajo. Cuando los pensamientos se amontonan y pierden claridad abro la ventana para tomar aire. Ya no llueve tan seguido y está dejando de hacer frío. Algunas mañanas desde acá arriba veo la salida del sol, y más tarde veo al chico y a Alberto salir a la vereda. Siempre van apurados, no se detienen, salvo las veces que se cruzan con algún vecino. Como hoy que los veo hablando con la mujer del tercero y con su hijito. Conversan y ríen sin saber que desde acá los estoy mirando. Parecen una familia.

Aprovecho que están ahí afuera para asomarme al pasillo. Todo está en silencio. Salgo y doy unas vueltas por el living. Hace frío, pero es agradable pisar descalza el suelo de parquet, respirar el aire limpio de la casa. Entro a la cocina, reviso la heladera y como con las manos los restos fríos de algo que puede ser una carne pastosa o una mezcla de vegetales avinagrados. Vuelvo al living. Me detengo a observar los muebles, cada objeto. Los huelo, paso la yema de los dedos sobre el lomo de los libros en la biblioteca, hundo las manos en los almohadones del sillón. Con los dedos hago girar un disco que quedó puesto en el aparato apagado, y tarareo bajito una música imaginaria. Con cada vuelta que le doy repito la melodía un poco más fuerte. Una foto en un rincón de la biblioteca me llama la atención. No recuerdo haberla visto antes. Es una imagen de este lugar lleno de gente que no reconozco, una fiesta. Algunos miran a la cámara con una copa de vino en la mano, otros conversan distraídos, transitan de un gesto a otro sin darse cuenta de que están siendo fotografiados. Cuando oigo el ruido de las llaves de Mónica, dejo la foto y vuelvo rápido a mi escritorio antes de que entre y pueda verme.

El pecho me late acelerado. Doy unos pasos entre las cajas y me asomo otra vez a la ventana. Mi marido y el chico ya no están, la vecina y su hijo tampoco. Hay otras personas que pasan caminando. Dos chicas en bicicleta, algunos autos. Una mujer muy vieja pasea un perro que tironea de la correa hasta un árbol de hojas secas y se pone a mear. El sol ilumina el chorro de pis que dibuja un arco brillante entre el perro y el tronco. La mujer levanta la cabeza en dirección a mi ventana. Desde acá alcanzo a ver sus ojos, me mira como si quisiera decir algo. Yo cierro las cortinas.

MAPA DE LAS LENGUAS UN MAPA SIN FRONTERAS 2022